前川イサオ

極楽とんぼ

新潮社
図書編集室

極楽とんぼ

第一章

今日、一人で荷物を家へ送り返した。単身赴任だったので家電品などはあらかた処分して大したことはなかったが、買い溜めた本などは結構な量になっていた。

そして、不動産屋に立ち会ってもらい、アパートの鍵を返して、四年半の関西生活に別れを告げた。伊丹空港へ出て、羽田行きのＪＡＬ便にチェックインした。さすがにファーストクラスは遠慮して、それでも千円奮発し、クラスＪにしていた。どうってことはない。

搭乗を待つ間に家族に簡単な土産を買い、まもなく機上の人となる。シートベルトのサインが消えるとすぐにビールを頼んだ。

真昼の搭乗は久しぶりだ。窓の外から眩しい白い光が溢れてくる。大阪がどんどん遠ざかっていく。せいせいして胸が高鳴るのを抑えきれない。

虎の穴と密かに呼んでいた工場からようやく逃れることが出来た。今日のビールは格別においしく感じられた。すぐにほろ酔いになってきそうだ。この晴れ晴れとした気分は堪らない。戦争を終えて故郷に帰る軍人たちもこのような気分ではないかと想像した。

雲の上は文字通り、ブルースカイだった。ＣＡも白い光に映えてやたらキレイに見えた。このまま天国まで昇りつめてしまうのではないかとさえ思った。それほど解放感がパンパンに膨れ上がっていた。ビールを二缶、飲み終える頃には、飛行機は降下体勢に入り、まもなく、気持ちがいいくらい、ドスンと大きな音を立てて羽田空港に着陸した。

この四年半の工場勤務は酷かった。赴任前に噂は聞いていた。式神と呼ばれる男がいて、工場のすべてを掌握しきっていると。社長さえ口出しできないと。取締役工場長で、労組の組長まではやらなかったが、執行部も経験していて、組合にもいまだに隠然たる影響力を持っていた。影の組合長とか、取締役組合長とか陰口をたたかれていた。日比野は高をくっていた。役員定年も間近の人間だった。第二の進路が取り沙汰されていた。

会社は住宅のインテリアやエクステリアの小物部品をメインにして製造販売している。元々、技術屋で営業の商品開発を担当して、様々な商品のアイデアを技術部門につないでいた。新商品も開発させたし、改良のアイデアもたくさん出した。そして工場も経験してみろ、と開発して製造する側に異動になった。

結論を先にいうと、この四年半でものになった新製品は一つもなかった。ことごとく試作段階でダメ出しされたと思う。確かに、アイデアと実際に物を作るのとはかなり違っていた。

だが、結果として、皆の期待を大いに裏切ったと思う。それくらいで済めば上出来といってくれた人がいた。式神とは誰かが付けたのだろうが、言い得て妙で、死神につながるという人もいるものの、四季神などと呑気に訳のわからない勘違いをしている人もいるらしい。その式神に対しては四つの対応しかなかった。

這いつくばること。会社を辞めること。病気になること。死ぬこと。その四つすべてをやった人もいたと聞いた。虎の穴と呼ばれる所以《ゆえん》だ。

この四年半は、ある意味で、ただ敵愾心を燃やし続けてきただけのような気がした。自分ではそういう感覚はなかったのだが、あの式神の支配下の工場では浮き上がっていたのかもしれなかった。いじめに遭っているという噂も飛び交ったようだ。営業から工場へ出張にやって来る連中から、よく慰められたり、同情されたりもしたが、逆の陰口をたたかれていたかもしれなかった。

土曜日のせいか、まだ四時前なのに、空港発の高速バスの席はそこそこに埋まっていた。月に一度は帰っていたので、見慣れていたはずの景色も、まだ日中ということもあり、新鮮に見えた。駅前のバス停で降りると、少し重いキャリーバッグを持ってはいたが、ぶらぶら歩いて帰ることにした。バス停では三つ目、タクシーならワンメーターの距離で、そう近いわけではなかったが、とにかく解放感に満ち満ちていた。商店街の中を抜けて行くと、妻の史恵が時々利用するお惣菜屋の前を素通り出来なくなった。揚げたてのポテトコロッケを五個包んでもらった。

夏の陽はまだ高く、陽気な暑さが周りを包んでいるせいか、家の玄関に着いた頃にはあせみどろになっていた。史恵は出かけているはずだった。自分でドアを開けた。誰もいないはずだったが、「今、帰ったぞ」と思いっ切り、大きな声を出し、大股で居間に入った。エアコンのスイッチを入れ、着ているものを脱ぎ捨て、ぬるめのシャワーを浴びた。バスタオルで身体を拭き、籐のバスケットのパジャマを着た。これは一時帰宅のパターンだったが、史恵は今日も完璧に準備してくれていた。

時間はまだ早いが、もう、外へ出る気もない。パジャマで過ごすつもりだ。タオルで頭を拭きながら、冷蔵庫を開けた。缶ビールが二段にぎっしり並んでいた。しかもプレミアビールだった。つまみもたっぷり入っていた。帰宅を歓迎してくれているとほくそ笑んだ。ビールとつまみとコロッケをテーブルに置こうとして、メモに気が付いた。

『おかえりなさい。永い間、ご苦労様でした。ビールでも飲んで、伸び伸びしてて下さい。なるべく早く帰ります。史恵』とあった。

どうしても、出かけないといけない用事があることは電話で聞いていた。飛行機でのビールも悪くなかったが、こういう気分でのビールも悪くない。缶ビールを開け、一口飲み、まだ温かさの残っているジューシーなコロッケにウスターソースを掛け、口に入れた。旨かった。一気に一缶、飲み干し、ソファに横になって、リモコンを探してテレビを点けた。大相撲の中継が終わり、夕方のニュースが始まるところだった。二缶目を飲み終えたところで眠ってしまったようだった。

身体を揺すられるのに気がついて、目を開けると史恵がのぞきこんでいた。

「おかえりなさい、あなた。生還、おめでとう」

「何、いってるんだ。宇宙飛行士じゃあるまいに」

外は暗くなっているようだった。

「ふふ。四年余りの浮気チェックもしなくちゃ」

「おいおい……」

「ご生還遊ばしたばかりで、悪いんだけど、お願いがあるのよね」

とダイニングテーブルの上を指差した。

段ボールの中で何かが動いていた。鳴き声もする。

「まさか」

「ねえ、いいでしょう」

史恵が段ボールの箱を開けて取り出してきたのは子猫だった。それも二匹もいた。

「大内さんの知り合いの方のところで五匹も産まれたものだから。いつかは猫を飼ってもいいって、結婚した時からの約束でしょう」

確かに遠い昔にそんな約束はした。

「だからと言って、二匹とはな」

「どっちもかわいいものだから、結局、選びきれなくて」

一匹はほとんど白だったが尻尾の先と鼻の頭が茶色だった。もう一匹は三毛猫だった。どちらも雑種だろう。

「大内さんが二匹でもいいじゃないってすすめて下さるものだから、つい」

大内さんというのは近所の仲良しの奥さんだ。

「大内さんとこも、もらってきたの」

史恵は首を振った。

「ご主人が猫嫌いだからって」

「なんだい」

自分もそう好きな方ではないのだが、と思う。

「お風呂は、タイマーしていったから、もう、沸くはずよ。あなたの好きなコロッケ買って来たから」

と袋を出してきて、振ってみせた。

「俺も買ってきた。もう、食べてる」

「あら」

その時、ピーッ、ピーッと音がした。風呂が沸いた合図だ。

「お風呂、入ってきて」

風呂の中で史恵と二匹の猫に囲まれたこれからの生活を想像してみた。子供二人は、結婚はまだだが既に独立して手は掛からない。自分の会社は異動が少ないから、定年まで、このまま工場勤務と考えていた時期もあった。こうやって、また、落ち着けそうな生活にもどれそうだとは、ほんの一月前までは思いもかけなかったことだ。とにかく史恵のいう通り、自分は生還した。

湯舟に浸かりながら何度も両手で顔を拭った。湯上がりの食卓にはコロッケ以外にも鮪の刺身などの好物が並べられていた。その日、何本目かの缶ビールを開けた。

「荷物はいつ、届くの」

「明日の午前中」

「ねえ、わたし、いなくてもいいかしら」

「予定があるんだね」

「前から、約束してて」

「いいよ。大したことないから」

「ごめんね」

「淳也は」

「ひょっとしたら、今晩、帰って来るかもしれないわ。お父さんのこと、知らせておいたから」

「美雪は」

二人共、別々に住んでいる。

「最近は全然戻らないの。仕事、忙しいらしくて」

「とかいって、遊び歩いてるんじゃないのか」

「知らない」

「猫たちは」

新参者らに久々の平穏を乱されたくはない。

「うるさいから玄関脇の小部屋に入れたわ。ちびちゃんたち、慣れるまでね」

とりとめのない会話で食事が終わって、リビングのソファに移った。録《と》り溜めておいてくれたレコーダーのリストを画面に呼び出した。好きなドキュメントを見ているうちに、史恵は片付けを終え、風呂に入った。画面を視続ける根気がなくなって、史恵が上がって来るのを汐にスイッチを切って寝室に誘った。

「もう、なの。髪を乾かして、肌の手入れするから、待ってて」

先に寝室に入って、エアコンをいれた。ベッドに大の字になって待った。十五分ほどして、史恵がすっと入ってきた。

「大丈夫かしらね。淳也、いきなり帰って来たりして」

史恵の言葉を唇で抑えると、まだ湿った髪を抱いたまま、横になった。着ているものを脱がせて合体した。史恵は慎ましく燃えた。


朝になると、史恵はさっさと出仕度をした。

「朝は、パンを焼いて。目玉焼きはテーブルに、サラダは冷蔵庫にあるから。お昼は適当に。お鮨でも取ったら。ごめんね。淳也、帰ってるわよ」

玄関まで、送って出ると、確かに淳也の汚い靴が脱ぎ捨ててあった。

「よかったわね。手伝ってもらえるわよ」

そういうつもりではないのだろうが、まるで、捨て台詞のようにいい残して出かけていった。

新聞を読んだ後、リビングから庭に出た。ただでさえ狭いところに、史恵の趣味で、野菜や、花が一杯植えられていた。トマトや胡瓜が実を付けていた。いつもなら、日曜日の夕方には尼崎へ戻らなくてはいけなかったが、今日からはそれもない。思いっきり伸びをした。昨日の解放感がまだ残っているようだった。ソファに寝転がってテレビを視た。十一時前に淳也が起きてきた。

「おはよう。お父さん、転勤で戻れたんだってね」

まだ、眠そうにして頭を掻いていた。父親が単身赴任から解放されて戻ってきても嬉しそうではない。むしろ、迷惑がっているかもしれない。

「うん。それで、引き揚げてきた荷物が、もうじき、届くんだ。大したことはないが、手伝ってくれよ」

「ごめん。オレ、約束があるから、もう、出かけなくちゃいけないんだ」

そのまま、風呂に入り、身繕いをすると、史恵の用意した朝食も食べずに出ていった。

入れ替わるように運送屋のトラックがやって来た。大した量ではなかったが、梱包しているものもあり、分散して置いてもらった。玄関脇の小部屋を開けると子猫が鳴きながら、逃げ回り、何処かへ隠れてしまった。リビングにもいくつか置いてもらった。三十分くらいで荷卸しが終わり、運送屋が引き揚げていった。狭くなった感じのリビングで、荷物を開けて整理する気にもならず、ソファでそのまま二度寝をした。史恵は夜遅く帰ってきて、散らばって置かれている荷物に、少し驚いたようだったが何もいわなかった。

週が明けて、久しぶりに本社に出社した。本社は出張で来て以来、三年ぶりだった。雰囲気が少し変わったなとキョロキョロしながらエレベータホールへ向かった。

「日比野じゃないか」

声を掛けてきたのは宮原常務だった。

「おはようございます。異動で本日より、また、本社勤務になりました。よろしくお願いします」

「まあ、生きて帰れてよかった。その内、一杯やろうや」

「ありがとうございます」

戦争から帰ってきたわけではないのに大仰にいわれた。エレベータが着いたが、人が乗っていたので話はそこまでで終わった。

新しい職場は、以前にいた営業企画部ではなく開発促進部で、首都圏エリアマネージャーという肩書がついていた。要するに、首都圏に何ヶ所かあるショールームの責任者ということであった。格は部長だが、ラインのそれではない。開発促進部へ挨拶に行く。部長の山本は同期だ。

部屋へ入っていくと席で新聞を読んでいたので、声を掛けた。

「よお、壮太。無事に生きて帰れたか」

同じことをいわれる。

「これから、お世話になります。わたしとしては、満身創痍で帰ってきたのであります」

「何を馬鹿なこと、いってるんだ。奴さん、お前に根負けしたそうじゃないか」

山本は立ち上がり、会議室へ誘った。

「羽島専務から聞いたんだが、知ってるか」

「何を」

「日比野は営業へ戻した方がいい、と式神が社長に進言したそうだ」

初めて聞く話だった。

「知らなかったか。そこで、社長はわざわざ、聞いたそうだ」

「どんなことを」

「あいつは使い物になりませんでしたか、と」

「で、式神はなんと答えたんだ」

「式神は、『工場でくすぶらせるには、もったいない』と真顔で答えたらしい。それを社長は事実上の敗北宣言と受け取った。社長も、何度も煮え湯を飲まされてきたから、溜飲を下げる思いだったらしい」

「へぇーっ、そんなことがあったのか、本当に」

「何人も、人材をつぶされてきたからな」

「事実とすれば、式神もお年だから、焼きがまわったんだろうかな」

「そうかもしれん。来年の役員改選で勇退という声もある」

顧問とか嘱託に就くのではないか、という噂は知っている。

「凱旋だ、と噂している。お前のことを」

「誰が」

「みんな、いってるぞ。お前は勲章をもらったようなもんだ。工場を大分、掻き回して、音をあげさせたんじゃないのか。身の危険を感じたんじゃないのか、奴さん。刺客だったんだよ、お前は」

「なにを、馬鹿な」

まさか、そんな噂になっているとは知らなかった。

「とにかく、聞いたことがない肩書をもらったんだ。定期でもないこんな時期に異動させられたのがいい証拠だ。よし、決まった。俺は今夜、空いている。どうだ、一杯」

異存はなかった。

それから開発促進部の隅にあるショールーム室へ行って、引き継ぎ作業をした。前任者は佐伯という課長で、半年後に定年になるのを繰り上げて退職すると聞いていた。

パソコンの内容も含めて、一通り説明を受けたあとで、

「私の場合は都内二ヶ所の管轄でしたが、日比野さんは首都圏全体の統括となりますので、様子は違ってくると思いますけど、会社もそれだけ力を入れるということのようです。頑張って

下さい。午後に部長用の机も用意されるそうですから」

とぼそぼそとした口調で激励された。

「佐伯さんはこれからどうされるのですか」

「田舎に母親が一人暮らしをしていますので、帰るつもりです。高齢なものですから。家内は反対のようですが」

簡単な組織図をもらって、引き継ぎはそれでおわった。明日は、江東区にあるショールームへ案内してもらうことになった。

その後、午前中は社内の挨拶回りをした。社長はいなかったが羽島専務はいた。そこでも山本と同じようなことをいわれて、苦笑するしかなかった。

「それからね、このことは知らない人が多いが、いっておくよ。江東のショールームに式神の孫がいるから」

部屋を出ようとしていわれた。

「工場長のお孫さん、ですか」

「そう」

専務はニヤリとした。

午後は届いたばかりの新しいデスクの上を整理した。佐伯さんも隣の作業テーブルで書類や私物を整理していた。ここには電話とパソコンがあるだけで部下はいない。日比野一人である。

「江東のショールームに神谷工場長のお孫さんがいるんですか」

「上村さんですね」

「ご存じでしたか」

「ええ。でも、知らない人も多いですよ」

「何歳ですか」

「くららちゃん、確か、二十四、五くらいのはずです。三年目だから」

「女性なんですか」

「いい子ですよ。明日、紹介しますけど」

何となく前途は波乱含みの予感がした。


夕方、山本と待ち合わせて、寿司屋へ行った。狭くて、決して小綺麗とはいえない店だが、ここの親父とは独身時代からの古い付き合いだ。ビールで乾杯した。

「久しぶりだなあ、ここは」

「お前も冷たい奴だ。たまには本社に顔ぐらい出せばよかったのに」

確かに、この四年半もの間、本社へ来たのは、数えるほどしかなかった。それもほとんど、日帰りの出張で、こんな風にゆっくり飲むこともなかった。ウィークデーが多かったので、家に寄ることも出来ないくらいだった。

カウンターの向こうで頭のすっかり白くなった親父《おや》っさんが、「久しぶり」と挨拶を寄越してきたので、「懐かしいですね」と応じた。

「親父っさん、こいつ、地獄から生還してきた。スタローンみたいな奴だ。相変わらず、往生際が悪い奴だろ」

山本は親父っさんにもビールを注いだ。

「日比野さんて、確か、関西じゃなかった？　病気でもしてたの、生還なんてさ」

「そんなんじゃないけど。都落ちが、舞い戻ってきただけのことですよ」

「そうかね。なんだか、曰くがありそうだけど、又、これからも日比野さんの顔を見れるなんて、うれしいね」

親父っさんがビールを注いでくれた。

「ところで」

「なんだ」

「式神の孫がショールームにいるそうじゃないか」

「そうらしいな。気になるのか」

「いや。知らなかったから」

「俺もよくは知らんが、式神との関係を隠して入ってきたらしいがすぐにバレた。式神の差し金でもないだろう。まあ、焼くなり、煮るなり、好きにしろということだと思うよ」

「焼くなり、煮るなりねえ。好きにいってくれるねえ。人のことだと思って」

「ショールームまで、亡霊の力は及ばんさ」

式神を亡霊扱いしているが、それもそうだと思い直した。どうも、まだ、トラウマのようなものを引きずっている。

それから、冷酒に切り替えて、四本ほど空けた、と思う。気が付いたら、そこそこ酔っていた。早目に家に帰るつもりだったのに、すっかりそんな気分は吹っ飛んでいた。

店を出て、「どうだ、もう一軒行くか」という山本に、否も応もなくうなずいた。

「日比野、キャバクラ、行ったことあるか」

「自慢じゃないが、ない」

「そうだろうな」

連れていかれたキャバクラは「パピルス」という、雑居ビルの地下にある穴蔵のようなところだった。中は鰻の寝床のように細長く、奥に少しまとまった人数が座れるボックス席があった。その手前の四人掛けの席に座った。

「こういうところのシステムを知ってるか」

店の男が持ってきたおしぼりを使いながら山本がいった。

「いや、知らん」

「表の看板にあったセット料金は一時間のことで、後は追加チャージになる。もっとも、四十分がセットのところが多いから、ここは良心的ではある。しかも、割に粒が揃っている。とはいえ、ほとんどが、学生か、アルバイトだ。少し、しょんべん臭い」

ふうんと、うなずいていると、「あら、山ちゃん、いらっしゃいませ。お久しぶりです」といって、山本の隣に女の子が座った。

「こいつは、どちらかというとセミプロだ。昼間は何もしてないらしい」

確かに髪はクルクル巻いてあり、結構派手なヘアスタイルだ。肩を出した薄物のドレスを着ている。

「やーね。何、ヒソヒソ話してるんです。水割りでいいですか」

二人で、乾杯すると、

「わたしも、何か、いただいていい」

と聞いてきた。

「気を付けないといけないのはこれだ。別料金だから、ほっておくと、店の売上増につながる高い酒を飲みたがる」

「何、いってるの。いつもの、一番安いやつでしょ」

女の子が頼んだのが届いて、三人で乾杯した。赤い色の飲み物だった。

「怪しげな代物だろ」

「じゃ、飲んでみる?」

と、山本にグラスを突き出した。一口飲んで回してきた。

「なっ、そうだろう」

確かに、甘ったるいジュースのような味だった。

「ちゃんとしたお酒よ」

「どうせ、焼酎をアセロラかなにかで割っただけなんだろう」

「知らない。それより、山ちゃん、こちら、初めての方でしょ。紹介して」

と名刺を差し出してきた。『かすみ』と小さな名刺にあった。日比野も届いたばかりの新しい名刺を出した。

「日比野さん。響きがいいわ。素敵」

「日比野で、響きがいい。くさい語呂合わせだな。大体、今どき、素敵なんて死語、どこで覚えてきたんだ」

「あらあら、山ちゃん、今日は妙にからみますね。日比野さんにいいとこ、見せようとしてたりして」

「何を、馬鹿なこといってんだ」

そんなやり取りをしていると、「こんばんは」といいながら、日比野の横に女の子が座った。

「おっ、初顔だな」

「そうなのよ。みるくちゃんでーす。先週からよ。もぎたてみたいでしょ。というか、搾りたてのミルクよね。わたし同様、可愛がってね」

「オレ、鞍替えしようかな」

「許しません」

かすみちゃんは山本の膝をつねった。

「みるくちゃん、早く、名刺、出して」

いわれてあわてて出してきた名刺の名前は手書きだった。まだ間に合わないのだろう。

「みるくちゃん、電話番号とアドレスも書いといた方がいいわよ。新人なんだから、売り出さないとね」

名刺を戻すと裏に書いてくれた。あまり、上手な字ではない。

「日比ちゃん、わたしのも教えたげる」

いつの間にか、名前が詰められている。

「おいおい、二股はいかん」

「だって、日比ちゃん、いい男だもん。つまみ食いしようかな」

苦笑しながら、かすみちゃんにも書いてもらった。意外にきれいな字で、特に数字が経理屋さんのような字体だった。

「日比ちゃんのも聞いとこうかな」というので書いて、二人に渡した。みるくちゃんはまだ慣れていないのか、話題も乏しく聞いたことに答えてくれるのが精一杯というところだった。

それによると、昼は製薬会社の研究所に勤めているようなことが何となくわかった。やはり、肩を露にした薄物のグリーンのドレスを着ているのだが、冷房が効きすぎているのか、寒そうに肩をすくめていた。

聞いてみると、寒くはない、といった。

「でも、こういうところで何をいっていいのかわからないんです。みんな、本当のことを話してないような気がするんです」

「こういうの初めて?」

みるくちゃんは素直そうにうなずいた。よく見ると色白で、胸も名前の通り弾んでいた。

「先ずは適当な世間話をして」

「それがうまく出来ないんです」

そんな話をやり取りしていると店の男がヒョイヒョイとやって来た。

「山ちゃん、延長してよ」

「日比野、どうする?」

山本はもう一軒、はしごをしたそうにしていたが、史恵の顔が浮かんで来て、そこで別れた。

どうするって、山本は当然、その気のようだった。結局、一回だけ延長してその店を出た。

次の日、佐伯さんに案内されて、ショールームへ出かけた。朝から気温がぐんぐん鰻登りになりそうな天気だった。都営地下鉄線の駅から七、八分くらいのところにあった。

元は工事用の資材置場だった。今は工場でほとんどの品物を作ったり、調達できるので不要になった跡地を利用している。四百平米くらいの敷地に二階建ての建物があり、一階には、バスユニットやキッチン製品のような大きなものから、階段の滑り止めのような細々した製品まで様々に展示されていた。前庭には、駐車場を囲むようにフェンスなどのエクステリア品も並んでいて、日比野の会社では最大の広さを保っていた。二階は事務室と製品の収納庫があった。

事務室は割に狭かったが窓ガラスが大きく、採光は充分だった。

日比野たちが入っていくと、さっと三人が立ち上がった。女性ばかりだった。

「紹介します。濱中チーフに上村さん、吉原さんです。こちらは、赴任してこられた日比野首都圏エリアマネージャー」

「よろしくお願いします」

と一斉に頭を下げてきた。

濱中チーフは三十代、後の二人は二十代のはずだ。三人共、ショールームにいるだけに、顔立ちはまずまず整っていた。工場長の孫という上村さんは、祖父の顔立ちを受け継いでいるようにも見えた。

「ざっと、一回りしましょうか」

大体、自社の製品は知っているつもりだったが、知らないものも結構あった。最近はＯＥＭや提携品で他社の製品を販売することも多くなったからだ。

「日比野さんは聞いておられますか」

「何か、ありましたか」

「本社にショールームを移す、という話を」

「いえ、初めてです」

「そうですか。この辺りにマンションを建てる計画があるのだそうです。それで、ここは売却して立ち退く話が出ています」

そんな話は工場では話題になっていなかった。今浦島のような気分になった。四年半の間に本社の雰囲気や営業のスタイル、それに製品そのものがかなり変わってしまっていることを感じざるを得なかった。工場にいても会社の動きはわかっていると思ってきたつもりだが、いささか違うような気がしてきた。

「それは、いつ頃のことになりそうなんですか」

「さあ、本社もそれほど広くはないですから新たにショールームを作るとなると追加用地の買収も必要になるかもしれませんし、早くても三、四年は掛かるんじゃないでしょうか」

他に回って見るところもなくなり、二階の事務室に戻り、新しい席に座った。濱中チーフが二人にお茶を出してくれた。上村さんが佐伯さんに書類を見せている。

「これからは日比野マネージャーに見ていただいた方がいいでしょう」

そういわれて、書類を見せに来た。

「本日の主な来客予定です」

ニコッとした。そんなに感じは悪くない。

書類には、来客の名前と担当営業マンの名前、予定時刻、それに目的が十件くらい記されてあった。卸し先の建築会社や工務店の名前が多かったが、個人の名前もあった。ホテルの名前もあった。これらは最終顧客で、カタログだけでは納得せず、直に現物を見にやって来る人たちなのだろう。自分の営業時代もそういうことがあった。

「エリアマネージャーは、いつもどこにいらっしゃることになりますか」

濱中さんが聞いてきた。

「多分、本社のショールーム室か、他のショールームも回ることになると思いますので、ここにいることは少ないかもしれません」

「それでは、ここの予定表は社内メールでエリアマネージャー宛、送らせていただいてよろしいでしょうか」

「結構です」

佐伯さんからは、その他にも書類を見せられたり、説明されたりした。その内に、ショールームに来客があり、応対にそれぞれ出て行った。

午後は町田にあるショールームに行くことになっていたのでそこを出た。佐伯さんの管轄ではないので、一人で行くことになるが、早目の昼食に佐伯さんを誘った。

「どうでしたか」

カツカレーをつつきながら聞かれた。

「思っていたより、きれいにまとめられていますね。新しい製品も多いし、レイアウトがオシャレでした。大したものです」

「ありがとうございます。事務所の雰囲気はいかがでした」

「きびきびした感じで、適当に緊張感もありました。まあ、私の初日だったからかもしれませんが、どうですか」

「それは、お互い初顔合わせだからかもしれませんが、大体、あんな感じです」

「そうですか」

「濱中さんが一番、年長でチーフですが、まあ、お局さん、といった方が正確です」

「なるほど」

「ちなみにバツイチです。性格はまあ、きつい方でしょう。仕切らないと気が済まないところもありますが、基本的にはいい性格です。彼女らは、ここだけ総務本部の管轄になってますから、正確にいえば総務部員です」

確かに、他のショールームは各支店や営業所に所属していた。それをエリアマネージャーなどという肩書で、横断的に面倒を見ろ、というのだから、会社も何を考えているのかわからない。たまたま、タイミングよく、佐伯さんが田舎に帰りたいという話が出てそれにうまく乗って、日比野を多少格上げして据えただけのような気もした。その上、会社の都合ではないが、ここのショールームを本社に移す計画もあるという。これまでは関係のない部署にいたのであまり理解していなかったが、ショールームの会社における位置づけは決して高いものではないということがわかってきた。

それにこれまでは、どちらかというと営業技術的な仕事がほとんどだったので管理業務がメインになりそうなこの業務は日比野にはやりにくいかもしれないと思った。

「若手の二人はどうですか」

「二人とも、フットワークはいいです。特に上村さんはよく気の利く子で、営業マンの受けもいいです」

「時に、神谷工場長の威光をちらつかせるような言動はありませんか」

どうしても、式神の孫という意識が抜けなかった。

「真逆ですね。極力、隠そうとしているように見えますね」

コネで入ったと思われたくないので隠そうとしているのかもしれないな、と思った。佐伯さんとは食事を終えるとそこで別れて、町田のショールームへ向かった。

都心から、少し離れているせいもあるのか、やはり、営業所にくっついているショールームという感じで、垢抜けしない、というか、洗練度が足りないような気がした。この辺りは立て直しを図らなければいけない課題かもしれなかった。


それから、一週間かけて、他のショールームも見て回ったが、多少、それぞれに地域性の違いはあるものの町田と同じような感じだった。そして、統一されたテーマがないと感じた。バラバラに運営されているとも思った。これでは会社のイメージアップにつながらない。ブランド力にならない。

それらを週末にまとめて、山本に報告した。

「日比野よ、お前も一応、部長格なんだし、俺に一々、報告する必要はない。帰ってきたばかりだし、張り切るのもいいが、すこし、肩の力を抜いたらどうだ」

確かに、提出したレポートには、やや過激な言葉も並んでいた。無意識に、式神だったら、どういうだろうかと思っていたかもしれない。

「じゃ、好き勝手にやっていいということかい」

軽くいなされた感じで、いい年をして、すこしふてくされたかもしれない。

「まあまあ。江東のショールームの立ち退きを機に、本社へと言い出したのは羽島専務なんだ。本社も整理統合する考えもあるらしい。まあ、これは専務の専管事項だな。来週でも、報告してみろよ。過激にな」

「俺の実質上司は誰なんだ」

「そうだな、まあ、専務にしといていいんじゃねえか」

「いい加減だな。うちの会社も」

「あちらこちら、回ってお疲れだろ。週末だし、もう一回、慰労してやろうじゃないか」

そういう話はすぐまとまる。夕方、六時過ぎに、二人で会社を出て、この前の寿司屋に行った。

「式神の孫に会ったか」

山本がグラスにビールを注ぎながら聞いてきた。

「会った。ほとんど、話はしていないが、頭の回転は速そうだ」

「感想はそれだけか」

「何か、聞きたいことがあるのか」

「そうじゃないが、お前にしては、淡々としている」

「別に、式神に恨みつらみがあるわけじゃない。正直、ああいう人もいるのかって思っているだけだ。身内だろうが他は関係ない」

「さすがに、凱旋将軍のいうことは違う」

「よせよ、そういういい方」

だが、今でも思い出すと、気分の悪くなりそうなことは何度もあった。そういうことは思い出したくもなかった。

「話、変えようや」

それから、大分飲んだ、と思う。気が付いた時にはこの前のキャバクラのドアをくぐっていた。

店は空いていた。人待ち顔に固まっていた女の子たちの中にあの二人もいた。かすみちゃんと自分の相手をしてくれた、確か、みるくちゃんといったはずだ。二人が席にやって来た。

「山ちゃん、日比ちゃん、いらっしゃいませ。お待ちしてました」

かすみちゃんはしっかり名前を覚えてくれていた。

「今日は暇そうだな」

「これからよ。はい、みるくちゃんは日比ちゃんの隣に座って」

みるくちゃんは、まだ慣れないのか、おずおずとしている。四人で乾杯した。彼女らは例の赤い飲み物だ。その後は、みるくちゃんは水色のドレスの下から透けて見える自分の膝をじっと見ているだけだった。かすみちゃんの方はキャハハと笑いながら早くも盛り上がりはじめていた。

「元気だった?」

「はい」

「毎日、お店に出てるの」

「週に二日くらいです」

「曜日は決まってるの」

「いいえ」

「……」

話題が続かない。気まずくはないが、日本語の下手な韓国の子を相手にしているような感じだ。

「日比ちゃん、みるくちゃんね、会社でミスったらしいから、優しくしてあげてね」

かすみちゃんが向かいの席からフォローしてきた。

「何か、あったの?」

「はい」

「会社って、製薬会社だった?」

「はい」

「何をやらかしたのか、聞いていいのかな」

「大したことではありません」

確かに、あまり落ち込んでいる様子ではない。

「そう」

「試薬を間違えました」

「しやく？」

「化学分析なんかで、結果を見るために反応させて使う試験薬のことです」

「なるほど」

初めてまとまった言葉を聞いたように思った。

「リトマス試験紙のようなやつ」

「ちょっと、違います」

我ながら、馬鹿な質問だと思った。

「失礼だけど、大学は」

聞いて驚いた。かなり、偏差値の高い有名私立大学ではないか。しかも、理系ときた。

「すごいな」

「大したことないです。普通の女の子です」

くるみちゃんは、かぶりを振った。

「アルバイトは大丈夫なの」

日比野の会社では、家業を手伝う程度ぐらいまでは許されるが、基本的にはご法度だ。

「ダブルワークは駄目だと思います」

「バレたら」

「バイト、辞めます」

「どうして、こんな勤め、やってるの」

「お金、ほしいから」

なるほど。当然ではある。しかし、会話はあいかわらず、一方通行だ。山本は当然のように延長したが、日比野たちの会話は進まず、時間切れになった。

二人で店の外まで見送ってくれた。上機嫌の山本はかすみちゃんと何やら約束をしていた。

「あのう」

「……はい」

珍しく、みるくちゃんから、話し掛けてきた。

「よかったら、メール下さい」

「うん、わかった」

とはいうものの、みるくちゃんがアドレスを書いてくれた名刺は、史恵に見つかれば、何かいわれそうなので、あの晩に、家の近くのコンビニのゴミ箱に捨ててしまっていた。みるくちゃんに作り笑いをしてしまったかもしれない。

それじゃ、また、と手を振って別れた。

「どうだ、なかなか、いい店だろう」

山本は出来上がっていた。例によって、もう一軒、というのを断わって、地下鉄の駅で別れた。

家に戻ると、史恵はまだ起きていて、テレビショッピングを視ていた。昔、活躍したことのあるタレントが商品の紹介者に混じって、説明にしきりと感心している。

（わたしもほしくなってきた）などといっているが、出る番組の度に買っているわけではないだろう。シナリオ通りの口上だと思う。

メモを取っていた史恵が顔を上げた。

「ご機嫌ね。また、山本さん。ご飯はもう、いいんでしょう」

軽くうなずいた。

「お酒もほどほどにしないと。お風呂は」

「朝、入る」

面倒臭くなっていた。

「じゃ、歯を磨いて寝たら」

今夜は分がいいとはいえない。遅くなるという連絡を入れてなかった。たぶん、夕食も用意していたのだろう。史恵の言葉に素直に従うことにした。

薄い布団を腹に掛けてから、不意にみるくちゃんのことを思い出した。メールをくれといっていた。しかし、アドレスがわからなくなっているし、第一、何と打ってよこせというのか。

そんなことを考えているうちに眠りに落ちていった。

結局、エリアマネージャーといっても、前の日か、当日の朝に送られてくる来客予定リストに目を通したり、たまに新製品が出て、展示品の追加や入れ替えの要請の相談に乗ったりする程度の仕事しかないことが一月ほど経って、わかってきた。

総務へ行って、移転の話も聞いてみたが、本社に隣接している土地の買収の話もまだ進展していないようだった。専務に報告するほどのことも出てきてはいなかった。もっとも、効率的なショールームの運営方法を考えたり、経費の削減に頭を使ってみるとか、仕事はあるのだが、それはやらない方がいいと山本にやんわり諭された。

「今は閑職にいるのだから、のんびり構えておけ」ということだった。閑職といわれれば、確かにそうかもしれなかった。「凱旋将軍にも、休息は必要だ。次のお呼びが掛かるまでは、待機していればいい」とも、山本はいった。次のお呼びが掛かるのかどうかはわからないと思う。定年までの終の住処になる可能性だってある。性分で、ドンと構えることができない。時間を持て余して、一番近い江東のショールームへ出掛けることが多くなった。

そんな時、上村さんが声を掛けてきた。

「マネージャー、他のショールームもお回りになられたのですか」

「一通りは回りました。何か」

「他のショールームの方たちのこともあるので、遠慮してたんですけど、ここだけで、マネージャーの歓迎会、やらせてもらっていいですか。ささやかなものですけど」

「ありがたい話だけど、そんな気を遣わなくていいよ」

「ご迷惑でしょうか」

「全然。そういうのは好きな方だし」

上村さんの瞳がパッと輝いたように見えた。

「佐伯課長はどうするの。送別会はもう終わったのかな」

「実はまだなんですけど、佐伯課長はもう休暇の消化に入られて帰省されてしまったそうです。今月はいらっしゃいませんので待ってられません」

そういうことか。

「ここは、三人しかいませんので、マネージャーのご都合さえよろしければ、今夜でも。わたしたちは大丈夫なんですが」

誰が言い出したのかは知らないが、下相談は済んでいるようだ。

「僕も大丈夫だけど、本当にいいのかい」

本音をいえば、厚意はありがたいが、女性だけに囲まれての飲み会というのはあまり気が進まない。女子会にプラスワンではないか。

「いいのです。それじゃ、決まりですね」

「まあ、時節柄、暑気払いということで」

最後の言葉は伝わらなかったかもしれない。暑気払いという古臭い言い方ではわからなかったようだった。

ショールームは六時までなので、片付けして、戸締まりを終えて、皆で出たのは六時半を回っていた。近所の居酒屋に予約を入れてあるということだった。

通りを五分ほど、地下鉄の駅に向かったところに店はあった。四人掛けのテーブルのある個室というほどではないが、間仕切られた一角に通された。日比野の横に濱中さんが座り、向かいには上村さんが座った。入口に近いところに吉原さんが座ったところをみると入社順か、年齢順なのか、どちらかなのだろうと思った。

「マネージャーはどういうのがよろしいのですか」

上村さんが立て掛けてあった大きなメニューを日比野の前に広げながら聞いてきた。

「飲み物は、まあ、暑かったし、取りあえず、生ビールで。君たちは」

「乾杯をしなくちゃいけないから、上村さんもビールでいい」

と濱中さんが切り出した。

「はい、ビールに失礼ですけど、取りあえずビールでいいです。吉原さんは、ウーロン茶よね」

「はい。それでお願いします」

遠慮がちな小さな声だ。アルコールは苦手なのかもしれない。店員を呼んで飲み物を頼んだ。日比野は大ジョッキを、後は中ジョッキにウーロン茶だ。それから、食べるものを選んだ。何がいいかと聞かれたが、嫌いなものはないので、適当に、と任せた。

「それでは、ささやかですが、この度、関西工場から、異動されてこられた日比野エリアマネージャーの歓迎会を始めさせていただきます。マネージャー、一言、お願いいたします」

司会は上村さんだ。

「一言で、いいんだね」

「三言くらいでも、大丈夫です」

　笑いが起きた。

　簡単に自己紹介して、会社での経歴を話し、「こんな美人が三人もいる職場へ異動になって、うれしい」と締めくくった。そこでも笑いが起こった。

　頼んだものが届き、並べられた。サラダっぽいもの、ピザ系、唐揚げ、ポテトフライ、おでんや刺身の盛合せもある。

「マネージャー、お子様は何人、いらっしゃるんですか」

　隣の濱中さんが聞いてきた。早速に情報収集かもしれない。

「二人です。上が女で、下が男ですよ」

「おいくつですか」

　今度は吉原さんだ。

「息子は二十五で、娘は二十八。もう、二人とも勤めてますよ」

「紹介していただこうかな」

　と、これは上村さんだ。

　逆に、彼女たちのことを聞いてみたい気がするが、濱中さんは、バツイチらしいので、あまり立ち入らない方がよさそうだと思う。

「マネージャーは、次、どうされますか。わたし、日本酒、いただいていいですか」

「冷酒か。上村さんはいける口だね。僕はビールでいいな」

日比野は日本酒は苦手ではないが自分のペースで飲む時は避けている。上村さんは届いた冷酒をいかにも美味しそうに飲んだ。

「強いんだね」

「そんなことないんですけど、飲み会では飲んべえって思われているみたいで、誰も最後まで付き合ってくれません」

「飲み会って、多いの」

「同期の子たちとか、総務のとか、ですけど」

そうなのだ。彼女たちは総務の所属と聞いていた。正確にいえば、日比野の部下ではなかった。

「よく聞く合コンとかは、やらないの」

向かいの二人は顔を見合わせた。

「してる子はいるようですけど、わたしたちには、声、掛けてくれないよね」

「そうなんです。ほんというと、誘われてみたい気はあるんです」と吉原さん。

「あら、そうなの」と濱中さん。

「二人とも、ハードルが高そうだからじゃないか」

「そんなことないです。わたしは上村先輩と違って、結構、低いんですけど」

「何、いってるの。わたしも低いよ。マネージャーも一杯、いかがですか」

と空いている冷酒用の小さなグラスを上村さんが目の前に突き出してきた。

「じゃあ、一杯だけ、付き合わせてもらおうかな」

　注がれた冷酒は喉越しがよかった。

「吉原さんは第一段目のハードルは少し、低いかもしれないですけど、二段、三段とどんどん高くなっていくんですよ」

「三段まであるの」

「それが普通です。もっと、あるかも」

「まあ」

　隣で濱中さんが笑う。

「そんなこと、ないですよ。先輩は最初から、高いじゃないですか」

　日比野は上村さんのグラスに冷酒を注いだが、途中で空になった。これ以上、飲ませても大丈夫かなと思いながら、お代わりを頼んだ。

「あのね、きっちゃん。わたしは段々、低くなっていくんです」

「きっちゃん、て吉原さんのこと」

「そうです。吉原の吉で、きっちゃん、です」

とポンポンと吉原さんの肩を叩いた。上村さんは少し酔ってきたのかもしれない。届いた冷酒を見ると、グラスを差し出してきた。

「いいのかな」

といいながら注いでやった。

「マネージャー、上村さんは大丈夫です。酔うと、ちょっと、体育会系になる癖はありますけど」

濱中さんが教えてくれた。

「そうか。強いのは折り紙つきなんだね。これは大したもんだ」

「誉めないで下さい。焼酎になると、からきしなんですから」

「意外だね。普通は逆なんだが」

「でも、日本酒が強いとなると、やっぱり、ハードル高いな」

「そういうのも、当てはまるのでしょうか」

「少なくとも、僕には高いな」

「じゃあ、チャレンジして下さい。マネージャー、もっと飲みましょうよ」

それから、四、五本飲んだだろうか。店を出て、地下鉄の駅近くのスタバに入った頃には日比野はすっかり出来上がっている自分がよくわかった。

上村さんは、というと、これがしゃきんとしていた。帰りの地下鉄は途中まで、上村さんと一緒だった。

「上村さんて、入社四年目だったかな」

吊革を握り締めながら聞いた。

「はい。あっという間でした」

歯並びのきれいな子だ。

「僕はもう三十年を超えたけど、あっあっあっ、というところだな」

「三十年でも、あっあっあっ、ですか」

「そうだよ。ところで、上村さんて、神谷取締役のお孫さんなんだってね」

「はい」

悪びれた様子がない。

「こういうこと、聞かれるのって、嫌でしょう」

「はい」

はっきりしている。

「嫌な理由なんですけど……」

解説してくれる気らしい。

「第一に、多分、自分はコネ入社だと思ってますから」

「誰かにいわれたの」

「いいえ。でもその前に、四社、落っこちてますから」

「それは、わからないいんじゃないか」

「いいえ。友達、見てても、落ちる人はいくつでも落ちるし、通る人はいくつでも内定、取っちゃうんです。自分も落ちる方のパターン人間だったんです。それに、母親が反対してたし」

「そうか。お母さんは反対だった」

「はい。それが第二の理由です。母と祖父は仲が良くありません」

「そうなんだ」

「祖母がとても苦労しているのを見て、娘時代、辛かったそうで、東京の大学に入学して以来、関西には帰っていません」

「一度も」

「それは。たまには日帰りで」

「取締役は家でも、厳しい方なんですね」

「仕事でも、うるさいって聞きました。マネージャーは関西工場でどうでした」

どうでしたっていうものではなかった。四六時中、しかめっ面をして、周りをピリピリさせていた。日比野には特にきつかった。何人もこれまでつぶされていたから、営業出身を嫌うのか、日比野個人を嫌っているのか、わからなくなっていった。しかし、そんなことは上村さんにいえることではなかった。

日比野の降りる駅が近づいてきた。

「なかなか、厳しい方です」

「会社でも、そうなんですか。やっぱり」

上村さんは屈託なく笑った。その時、胸ポケットの携帯が震えた。電車が駅に着いて、ドアが開いた。

「大丈夫？　帰れる？」

「もちろんです」

日比野よりしゃんとしているようだ。

「今日はありがとう。それじゃ」

と手を振って、日比野は電車を降りた。改札を出て乗換駅に向かう。ホームに入ってから携帯を見た。メールが届いていた。知らないアドレスからだった。

開いてみた。

『みるくです。こんばんは。日比野さんがメールくれないから、してみました。お店、暇なので、よかったら来て下さい。逢いたいです』

最後にハートマークが付いていた。いわゆる、飲みに来いメール、だった。店が暇なので、かすみちゃんからでもいわれたのだろう。前にくれた名刺を捨てていたので、メールのしようがなかったのだが、それにしても、今日は女性から、飲みに誘われる日だな、と思いながら、一応、アドレスを登録した。しかし、一人では行く気もしないし、ましてや、みるくちゃん相手では、こちらから話題を探すのが大変だ。

ただ、あのほのぼのとした雰囲気は捨てがたいと思う。学歴で見てしまうわけではないが、とても有名難関大学の理系卒とは思えない。そのうえ、お金がほしいからキャバクラでバイトとは、とぼけている。

しかし、返信はしなかった。飲みに来いメールに一々応じていてはきりがない。史恵は、自分宛のメールを勝手にのぞき見るようなキャラではないが、みるくちゃんのメールは削除した。

それから、二順目のショールーム回りをした。山本にいわれるまでもなく、閑職だということがつくづくわかった。出かけない日は、朝、メールやファックスで送られてくる各ショールームの来場者予定をチェックし、前日までの旅費精算を済ませてしまうと、後は、することがない。専務に相談したくなったが、山本の言葉を思い出して、止めた。

そんなある日、所在なく、届いたばかりの最新の製品カタログをぱらぱらめくっていると電話が掛かってきた。総務の竹田という知らない課長からだった。時間のある時に寄ってくれないかという。すぐに行く、と返事をした。

会議室に通された。竹田課長は三十代後半で、他に若い人が二人、出てきた。話というのは、江東のショールームの土地の買収の件だった。

「もう、既にお聞きになっていらっしゃるかもしれませんが、話が具体的になってきました。大型の再開発計画ですし提示価格は悪くないので前向きに検討することになるでしょう」

相手は大手デベロッパーだ。

「今月の役員会で、条件が合えば、ということで、基本的には了承されました。交渉の窓口としましては、わたしが当たることになりますが、日比野マネージャーにもお手伝いをお願いしたいと考えているのですが、よろしいでしょうか」

日比野に異存はない。

「交渉は難航しそうですか」

竹田課長は首を振った。

「現状での概算提示価格はリーズナブルなものですし、まだ、交渉の余地はありそうですから」

「本社にショールームを持ってくるという話を聞きましたが」

「選択肢の一つではありますが、今は白紙の状態です。いずれ、買収交渉が進めば、役員会の議題には上がってくると思います」

その日の話はそこまでだった。席に戻ると、外出から山本が帰ってきていた。

「総務に呼ばれたって」

「江東のショールームの話だった」

「買収の話が具体的になってきたらしいじゃないか」

役員会の結果をもう聞いているのだろう。

「うん。俺にも交渉を手伝ってくれといわれた」

「いいじゃないか。ひまつぶしになって。横で座って聞いてるだけでいいんだろう」

「どうかな」

「それより、あの子が淋しがっているらしいぞ」

「誰が」

察しは付いたが、とぼけた。

「なんていったかな、ほら」

山本はそこで、急に声を潜めた。

「あの、色白で、オッパイの大きな子」

「みるくちゃんか」

「そう。お前、メールもらっても、返信しとらんそうじゃないか」

そこまで話が伝わっているのか。きっと、かすみちゃんからだろう。結局、お詫びを兼ねて行く、という山本のペースにはめられた。

店へ行くと、みるくちゃんは日比野の顔を見るなり、すこし涙ぐんだようだった。

「ほらほら、泣かしちゃって、悪いやつだな」

山本もそんなみるくちゃんの気配を察したようだ。

「来てくれたから、もう、大丈夫だよね。みるくちゃん」

とかすみちゃん。

二人並んで腰を下ろしたが、日比野は戸惑いを覚えて、どう、声を掛けていいのか、わからなかった。気まずい沈黙のようなものがあった。

「あの……」

「どうしたの。また、会社で、試薬でも間違えたの」

途端に、みるくちゃんは日比野の肩をバンバン叩き、笑いだした。

「やだ、覚えててくれたんですか。違いますよ」

みるくちゃんのリアクションに、向かいの席に座った山本たちもびっくりしたようにこちらを見ていた。

「じゃ、何」

「何がですか」

「何って。いいかけたじゃない、何か」

「嬉しくて、お礼をいおうと思って。だって、メール、お願いしたのにちっともくれないし、思い切ってメールしたら、返事もくれないし、嫌われたのかなって、思ってたから」

嫌味とも、怨み節のようにも取れたが、日比野は、これって、初めて聞くみるくちゃんの最長の言葉ではないかと思った。みるくちゃんの営業が効を奏したと受け止めたのか、かすみちゃんにもおだてられたりしたせいか、その晩のみるくちゃんは泣いた後の烏のように、饒舌だった。

涙ぐんだのは、いわゆる嬉し泣きだったのか、と勝手にいいように理解した。本名も教えてもらった。

「おざとくるみ。小さい里に、ひらがなでくるみです」

小里くるみちゃんか。

「そのみるく、というのは、くるみの逆張りかな」

「それもあるし、そうは思わないんですけど、胸が大きいから、とマネージャーに付けてもらいました」

マネージャーというのは、軽い乗りで飲み物を持って、客席を回って歩いている若い男のことだろう。まあ、確かにみるくちゃんのオッパイは大きい方だろう。

「そうやって、源氏名を付けるんだ」

「源氏名ってなんですか」

「こういう店で使う名前のことだよ」

「なんだ。芸名ですね」

ちょっと、ニュアンスが違うような気がするが、まあ、いいか。

「だけど、本名のままの人もいますよ」

「そりゃ、そうだろうね」

「でも、名前変えると変異して、別の自分になったような気がします」

「変異ねえ」

変身といわないところが理系女子らしい。どうも、この話しぶりからすると、みるくちゃんは、本当はおしゃべり好きな子なんだ、ということがわかってきた。これまでは、バイトを始めたばかりで、雰囲気やペースに慣れていなかったせいなのではないだろうか。

結局、気が付いたら、延長を二回して、店を出た。

「今度は、絶対、メール下さいね。約束ですよ」

と、指切りをさせられた。

「おお。いいのか、史恵さんにいいつけてやろう」

とひやかされた。

山本と駅で別れて、電車に乗り、降りようとした時に、携帯が震えた。ホームに立って見てみると、みるくちゃんからのメールだった。

『お疲れ様です。今日はありがとうございました。とっても楽しかったです。今夜はみるくも仕事、上がりました。もっと、お話しできるとよかったです。一度、お食事でもごちそうしてもらえるとウレシイです。お休みなさいｚｚｚ。……返信下さいネ。くれなかったら、グレちゃうゾ（笑）』

これって、同伴出勤をしてくれというお誘いなんだろうな。かすみちゃんの差し金か、どうかわからないが、まだ慣れないなりに、手練手管を身に付けさせられるのは可哀想な気もする。

でも、まあ、いいか、と思いながら、

『グレられると困るなあ。何が食べたいの？』

と打ち返した。

電車を降りるとバスは終わっていた。タクシー乗り場は結構、並んでいたので、三十分くらい掛かるが、月も出ていることだし、ブラブラと歩いて帰ることにした。虎の穴から解放されて、帰ってきた時以来だ。シャッターが下ろされて人気のない商店街を抜け終える頃、胸ポケットの携帯が再び震え出した。

『ウレシイです。すぐ、返信くれて。本当はメール、くれるのを実験の結果を待つみたく、ジッとして待とうかな、なんて考えたんだヨ。でも、辛抱できなかったんだジョ。ところで、基本的には、食べ物に関して好き嫌いのない人なので、何でもおいしくいただけます。日比ちゃんに合わせちゃいます。土曜日の午後とか、空いてないですよネ？　みるくはゆっくりしたいけど……。わがままですか?』

　意外だった。土曜日は店はやっていないはずだ。同伴出勤の魂胆ではないかもしれない。多少、タメ口的な文脈は気になるが、年甲斐もなく、嬉しくなってきた。若い女の子から、デートに誘われていることになる。何か魂胆はあるのかもしれないが、ウキウキしてくる自分に驚く。

『今度の土曜日なら大丈夫』と再度、メールした。

　山本のようにゴルフはやらないので、土曜日は大概、空いている。もっとも、各ショールームは開けているが、大きなフェアでも開かない限り、日比野自身が出勤することはなかった。それに史恵も出掛けることが多い。メシを食うぐらいならいいだろうと思った。

　家の近くになって、ちょっと考えた。やり取りしたメールをすべて削除して、電源を切った。そういう痕跡を残さないようにした。それに、家の中でこんな時間にメールが届いたりしたら、そのバイブ音を気付かれるのも嫌だった。そうして、神妙に家のドアを開けた。

　翌朝、自分の席で、パソコンを立ち上げると筑波工場にいる中島から、メールが入っていた。筑波は関西ほど大きい工場ではないが、ロットの少ない商品や、特殊なものを生産していた。

　中島は商品開発を手掛けているはずだった。元々は日比野と同じ営業の時代に、二人して、工場から出てくる商品にケチを付けていた仲間だった。それが災いしたせいでもないだろうが、その内、日比野は関西へ、間もなく、中島も筑波へと異動させられたのだ。

珍しいなと思いながら、何事かと、メールを開いた。

『久しぶり。凱旋将軍の異名はつくばにも轟いているよ。今は、美女軍団に囲まれて優雅にしているらしいな。羨ましい。ところで、今、バリアフリーの商品開発をやっていて、試作品が出来た。一度、ショールームの意見を聞きたい。つくばへ遊びがてら来ないか』とあって、試作品の写真が添付されていた。

それを見ても、よくわからなかった。アルミの板に小さな部品が付いていた。

『連絡ありがとう。優雅な生活なんて、とんでもない。ショールームの間をうろうろしているだけだよ。筑波には、一度、行きたいと考えていたので、日程を調整します。又、連絡します』と返信した。

筑波にまで、凱旋将軍などという話が伝わっているのは、きっと、山本のせいだろう。それから、他のメールを開いた。各地のショールームから、いつもの定時連絡が入っていた。上村さんからのメールもあったので、ふと、思いついて、中島からの写真を添付して、経緯も簡単に書き送った。

デスクに置いた携帯の電源を前の晩から切ったままなのを思い出した。電源を入れると、メールの着信を報せる振動があった。みるくちゃんからだった。夜中の二時頃の発信になっていた。

『ウレシイです。時間とか、待ち合わせ場所の連絡お願いします。おやすみなさい』

こんな時間まで起きてて、次の日の勤めは大丈夫なのかと思う。

それにしても、待ち合わせの時間や場所を決めないといけないと思うと面倒臭いし、それに、わずかながら史恵に対する後ろめたさも湧いてきた。しかし、胸がワクワクして高揚するような気分になっていることも事実で、男の狩りの本能というか、浮気心はこんないささか複雑なものであるらしいと自覚した。

その日は宇都宮のショールームへ行く予定になっていたので、そのまま出かけた。夕方、戻ってきてメールを開けると、上村さんからの返信が届いていた。

介護関係の商品化には将来性もあるし、自分も興味があるので、是非、筑波へ同行させてもらえないか、という内容だった。

どちらにせよ、明日はこれといった予定はなかったので、江東のショールームに出かけようかと考えた。立ち退きの話が具体的になりつつあるのを、皆にそろそろ切り出さないといけないタイミングにもなってきていた。

その日は早目に会社を出て、書店で新刊本をチェックした後は、そのまま家に帰った。

「あら、珍しい。体調でも悪いの。ご飯はこれからよ」

「体調は悪くない。亭主が早いとまずいことでもあるのかい」

「あるわけないでしょ。ここんところ、ずっと遅かったもんね。浮気でもしてるの」

「何をバカな。いろいろあるんだよ」

みるくちゃんのことが、ちらっと頭をかすめた。

「はいはい。男の付き合いね。どうせ、山本さんでしょ。向こうはあなたのせいにしてたりして」

その時、玄関の鍵が開けられた音がした。

「あら、淳也ね。明日から、メキシコへ出張だそうよ」

「メキシコ」

淳也が、「只今」といいながら入ってきた。大きなスーツケースを持ってきていた。

「お父さん、今日は早いんだ」

「ああ。たまにはな。メキシコ出張だって」

「うん。向こうに工場があるから」

淳也は、自動車部品のメーカーに勤めている。

「初めての海外出張か。入って三年くらいで、役に立つのかい」

「知らないよ。人使いの荒い会社なのは間違いないけど」

「頼まれたもの、買ってきてあるから。和室よ。ご飯、まだでしょう」

「うん。ありがとう」

息子には優しい。

淳也は冷蔵庫をのぞいて、缶ビールを二本、出してきた。

「お父さんも、飲むだろう」

どかっと横に座った。

「一人で行くのか」

「会社の人と成田で待ち合わせしてる」

「見送りに来てくれる人は」

「いるわけないだろう」

「じゃ、お母さんが行ってあげようか」

「やめてくれよ」

「海外も忙しいのか」

「というより、自動車メーカーも周りもみんな行っちゃってるからね。国内の生産は減らすみたいだよ」

「円高だな」

日比野の会社も中国で作らせているものもかなりある。製品に付加価値を付けろ、と社内では、念仏のように唱えられている。

食事が済み、風呂から上がると、史恵が手伝って、スーツケースの中身を整理していた。

「早く寝た方がいいぞ」と声を掛けて、先に休むことにした。


次の日は江東のショールームへ出かけた。いつもの通り、自分の席での仕事を済ませてからだったので、着いたのは十時を回っていた。

ショールームの雰囲気がおかしかった。濱中さんは妙によそよそしいし、上村さんは困ったような顔付きをしていて、事務所内の雰囲気がギクシャクしていた。何か、あったのだろうと思った。

十一時を過ぎた頃に、予定通りの来客があって、若い二人は応対に出ていった。濱中さんに様子を聞いてみるかと思う間もなく、濱中さんの方から席に近付いてきた。

「マネージャー」

何だか、恐い顔をしている。

「どうしたの。何か、あった」

「上村さんに、筑波工場へ一緒に付いてくるように、おっしゃられたのですか」

「ああ、そのこと」

この雰囲気では軽率には話せない。

「わたしは何も聞いておりません」

そういうことか。

メールで、試作品の件でそのうち、筑波工場に行くことになるだろうと上村さんに書き送ったが、あくまで、試作品の感想を聞くつもりで、付いてこいとはいってなかったはずだった。自分から、筑波工場へ行きたいとメールで申し入れてきたのだ。しかし、ここはうまく辻褄を合わせておかないとまずいようだ。

「試作品の開発で若い人のセンスも必要らしいので、どうかなと思って。もちろん、まだ決めたわけじゃない。濱中さんに相談してから、と思っているよ。スケジュールのこともあるし」

「まあ、そうでしたか」

「それとね、ここの誰にもまだいってないことなんだが」

周りには誰もいないのに、わざと声を潜めるようにした。

「何でしょう」

「このショールームの土地が買収に懸かっているのを知ってる」

「その件は、以前、佐伯課長からちょっと」

「正式に決まったそうだ」

「決まったんですね」

「時期とか、詳しいことはまだ決まっていないから、当分、濱中さんの胸だけに納めておいてくれよ」

「わかりました」

と嬉しそうにした。

それから、急に機嫌がよくなったように見えた。女性の多い職場は気を付けなければいけないと思った。

一人で昼食を取って帰ってくると、来客も一段落したのか、彼女たちも席に戻っていた。日比野が座るやいなや、上村さんが嬉しそうに寄ってきた。

「マネージャー、筑波工場へご一緒させていただきます。濱中チーフの許可をいただきましたので」

おいおい、連れて行くなんて、誰もいってないぞ、と思いながらも黙ってうなずくしかなかった。

「いつ頃になりそうなんでしょうか」

「筑波と話をしてからだけど、今週中にはきめようか」

「はい」

そんなことがあった翌日、本社の席にいると、上村さんが顔を出した。

「あれっ、どうしたの」

「ショールームの休みの日に、総務でミーティングがあるんです」

そうだった。彼女たちは総務部の所属なのだ。ショールームは水曜日が定休日で、本社へ来たり、休んだりしているといっていた。土日はオープンしているので、他の日にも交代で休みを取っていると聞いていた。

「濱中さんたちは」

「もう、帰りました」

「大変だな。休みなのに」

「いいえ。ミーティングにちょっと顔を出せば、出勤扱いなので、お得なんです」

と笑う。

「でも、他の人たちみたいに、土日、きっちり休めないからね」

「慣れましたから」

「では、お駄賃代わりに、お昼でも、ご馳走しようか」

「やった」

　壁の時計を見ると、十一時四十五分だった。近くの豚カツ屋へ行った。幅広のカウンターに並んで座った。ロースカツ定食を二つ頼んだ。

「昨日は済みませんでした」

　上村さんはペコリと頭を下げた。

「筑波の件かい」

「はい」

「濱中さんが恐い顔してるから、何ごとかと思ったが」

「すみません。筑波へ行ってみたかったので、マネージャーから指示があったように話しちゃいました。そしたら」

「そしたら」

「わたしは聞いてない、って急に機嫌が悪くなったんです。ミスりました。それに、忘れてたんです」

「何を」

「筑波の話題は避けないといけなかったんです」

「どうしてだい」

「どうしてって、チーフの前のご主人が、筑波工場にいらっしゃるんです。ご存知ありませんでしたか」

「いや」

濱中チーフがバツイチということは佐伯さんから聞かされてはいたが、そこまでは知らなかった。

「ご主人の苗字は、何ていうんだろう」

「知らないです。大分、前のことらしいです」

そこへ、注文した豚カツが出てきたので、しばらくは食べることに専念した。

「チーフも、元々は、筑波工場に勤められていたらしいです」

「じゃ、そこで、知り合って」

「そうなんでしょうね。でも、チーフは、離婚された後、転属願いを出されたそうです」

「なるほど、それで、今の職場なんだ」

「その時、祖父が筑波の工場長だったらしいです」

筑波工場長の時代があったことは知っている。

「ショールームの立ち退きの話が、いよいよ、本決まりだそうですね」

「聞いたのか」

「はい。機嫌を直された後、チーフから、ここだけの話よ、といわれていたんですけど」

心の中で苦笑いをした。もっとも、それも計算した上でのことではあったのだが。

「君たちも忙しくなるかもしれないな」

「そうですね。今度はどこへ」

「本社の一階という話もあるが、そこはまだ白紙なんだ」

「ひょっとしたら、島流しから、解放されるんですかね」

「おいおい、今は島流し状態かい」

「だって、わたしたち、一応、総務所属ですから」

昼の話はそこで終わった。


次の週明けに日比野は筑波工場へ向かった。上村さんも一緒だ。秋葉原駅で待ち合わせて、つくばエクスプレスに乗車した。終点のつくば駅から、タクシーで二十分くらいのところに工場はあった。開発されたつくばの街区ではなく、いわば旧郡部にあり、大きな道を外れてしばらく行かなければならなかった。日比野がまだ尼崎に転勤になる前に訪れたきりだった。

正門でタクシーを降りた。

「緑の多いところですね」

上村さんは秋口とはいえ、まだギラギラする真上の太陽を仰いだ。

「初めてかい」

「いえ、入社したての頃に、三日ほど、実習でお世話になりました」

守衛所でＩＤカードを通し、開発室へ向かった。開発室は雑然として、倉庫の中に机と物と資料が散らばっている感じだった。

「よう」

中島が手を上げてやって来た。あまり変わっていない。上村さんを紹介した。

「久しぶりだね。すっかり、筑波の住人だな」

「合うなあ。ここは。今度、天然鰻の捕り方、教えようか」

「そんなテクを身につけたのか」

そんなやり取りを交わしているうちにもう一人やって来た。

「紹介しよう。担当の野崎主任だ」

白髪混じりの男が頭を下げた。顔は案外若く見える。年齢不詳だ。オタクっぽくも見える。

「君から、説明してくれ」

野崎主任がテーブルに置かれた品物の覆いを取った。現れたのは、四角いアルミ板を何枚か重ねたようなものだった。

「何に使うものなの」

「わからんか。バリアフリーだよ」

中島は重なった板をスライドさせて見せた。蛇腹のように一メートル以上伸びてきた。

「これを玄関とか、段差のある所に取り付けて、引っ張り出して、車椅子でもすいすい通れるようにするんだ」

大体、意図はわかった。

「きゃしゃな感じだが、人間が乗った車椅子が上に乗っても大丈夫なのか」

「問題ないよな。野崎君」

「はい。百五十キロくらいまでならいけるように補強してあります」

装置を横にして板の裏側を見せてくれた。格子の桟が取り付けてあった。

「実際に重量テストしてみたの」

「はい。二、三回。大丈夫でした」

「これを、今度の医療介護フェアに出品しようと思う」

「なるほど」

日比野はアイデアはともかく、耐久性に問題があると思った。特に段差のきついところでの繰り返し使用に耐えられるのだろうか。

「玄関や段差のある所で、すこし改造するだけで済む。大袈裟なリフォームは要らないように設計している。なあ、野崎君」

「はい。そこがポイントなんです」

「あのう、一つ、お聞きしてもいいでしょうか」

「いいとも。何でも、聞いてくれ。いずれ、ショールームでも、説明してもらわないといかんからな」

「はい。これって、いつも伸ばしたままにして使うことを想定されているのですか」

「いい質問だ。そこがみそなんだ。スライド式にしてあるのもそのためだ。必要な時に、伸ばして使うように考えている」

「そうしますと、介助の方が必要なんですか。それとも、自分で伸ばして使えるのですか」

中島はグッと詰まったようにみえた。

「……それは大丈夫だよな。野崎君」

野崎は困ったような表情を浮かべた。

「一人で操作するのは無理かと。そこまではまだ」

「そうなのか」

中島は不満気だ。

「すみません。そこからの視点は欠けています。身障者の自立が目的でもありますので。検討し直します」

野崎は額の汗を拭った。上村さんはそんな野崎をじっと見ていた。中島はそれからもアイデア状態のものから、半製品までいろいろ出してきて説明してくれた。その後、工場の中を一回りしてきたら、陽は傾いて夕方になっていた。

中島の案内で川魚料理屋へいった。上村さんも連れていった。奥のテーブル席に着いて、中島はメニューを見ながら、鰻の蒲焼き、鮎の塩焼き、川エビの唐揚げなどを注文した。

「お前の好物ばかりだな」

「茨城の田舎ではこんなものしかない。後は蕎麦ぐらいだ。ただし、ここの蕎麦はとびっきり、うまい。仕上げに残しておく」

運ばれてきた生ビールで乾杯した。

「わたし、お蕎麦大好きです。楽しみです」

「そりゃあ、いい」

「好きなのは蕎麦だけじゃないさ。日本酒も大好きだぞ」

「あら、そんなことないです」

「それなら、冷酒を頼もう」

冷酒で再びグラスを合わせた。

「凱旋将軍と酒豪の上村さんに乾杯だ」

「凱旋将軍て、マネージャーのことですか」

上村さんはグラスを一気に空けた。

「さすがにいい飲みっぷりだ。凱旋将軍も形無しだな」

日比野は中島に目で合図を送ったが、気付かない。

「どうして、凱旋将軍なんですか」

まずい質問だ。

「関西工場から、無事に帰還できたのは日比野くらいしかいないんだ。社内では、そう呼ばれている。知らないのか」

山本辺りが言い触らしているのだ。まずい話題になってきている。

「それで将軍なんですか」

「式神に勝ったからな。前代未聞のことだ」

「式神て、誰のことですか」

「関西工場のドンだよ」

「もしかして、工場長ですか」

「そうだよ。上村さんは工場長のお孫さんだ」

「止めろ。式神とは……」

中島は目を白黒させた。

「いいんです。祖父のそんな噂は耳にしたことがあります。家族でも評判悪いですから」

「いやいや、厳しい方だ、ということですよ」

中島は毒気を抜かれたような顔になってきている。

「それで、マネージャーが凱旋将軍なんですか。凄い」

「その話題はもういいじゃないか。それより、今日見せてもらったのは、もう一工夫か二工夫、いるな」

「確かに、そうだな。使う側の視点がまだ欠けていた。さすがは上村さんだ。ショールームからの貴重なアドバイスだ。ありがたい」

日比野は、ふと、関西工場時代にあの工場長もそういう視点で、自分のアイデアの盲点を衝いてきていたのではなかったか、と思った。

「少しでも参考にしていただけると、本当にうれしいです。今日の開発品は野崎主任が担当されているのですか」

「そう。彼が取りまとめ役で、俺はその上に乗っかっているだけだよ。すこし偏屈というか、オタクっぽいところもあるがアイデアマンだ」

最後に、中島お薦めの蕎麦で仕上げた。腰も強く、香りがあってなかなかうまかった。

中島はつくば駅までタクシーで送ってくれた。

「いやいや、本当に強い。さすが、工場長のお孫さんだ。只者ではない」

冷酒の小さなボトルを五本、ほとんど一人で空けていた。

「ご馳走になりました。お蕎麦、おいしかったです」

振り返りながら日比野たちの前を歩いていく。

耳元で中島がささやいた。

「式神の孫を部下に持つのも因縁か」

「さあ。山本は焼くなり、煮るなり、好きにしろ、といっているがね。もっとも、本人はそういう意識はないようだけどね」

「なるほど、ちょいと美人だしなあ」

「そういう意味じゃない」

「あのう」

そんな話を交わしていると上村さんがまた振り返った。

「今日、見せていただいたものに、後で、コメントさせていただいてもいいでしょうか」

「いいよ。いいよ。どんどん、やってくれ。野崎宛にメールでも何でも入れてくれればいい」

「わかりました」

中島とは改札で別れた。

電車は、都心へ向かう逆方向のせいか、空いていた。

「マネージャーは凱旋将軍て、呼ばれていらっしゃるんですね」

「いらっしゃらないよ。もう、いいじゃないか、その話は」

「はい」

「ところで、今日の開発品は、どんな感じだった」

「そうですね、あのバリアフリー用の装置は、使う人の目線が足りないような気がします」

「そうだね。確かに。それに耐久性が足りない気もするな。スペースのことを考えているのだろうが、すぐにこわれそうだよ」

「そんな感じもします。強度不足なんですかね」

「中島次長もいいってことだし、上村さんが気が付いたことを、中島次長か、野崎主任にメールで書き送っておいてくれていいよ。君らの目線も必要だよ。どんどんやって」

「わかりました。皆と相談します」

日比野は、再び、関西工場時代の自分が出したアイデアのことを思い出した。独りよがりで、そういう目線に欠けていたかもしれなかった。

不意に式神と呼ばれていたあの男のことを思い出した。因縁なのか、今、こうやって男の孫が隣に座っているのも。すこし、不思議な気分だった。あたかも、人質にとったような思いが心の何処かにあるのを否定できなかった。

しかし、当の本人はうれしそうにして、

「わたし、ああいう開発に関われるの、楽しい気分です」

と、いたって屈託がない。

電車は次第に都心に向かっていく。


『困ります。不法侵入しないで下さい。いつから、住んでるんですか。わたしの心の中に。わたし、お父さんのような年の人に興味はないんです』

そんなメールが届いているのを見つけたのは、秋葉原の駅を降りて、これから飲みに誘ってもいいのだがと思いながらも、上村さんに手を振って別れた後だった。

みるくちゃんからだ。思わせ振りな内容で、又、飲みに来いメールを送りつけてきた。バカバカしいと思い、無視することにした。しかし、又、山本に誘われて行った時に、演技なのだろうが、涙目をされてもかなわないので、返信することにした。

地下鉄の電車の吊革にもたれながら、

『メールありがとう。その変な住人はさっさと追い出した方がいいと思うよ。そして、一日でも早く健全な生活を取り戻されんことを、遠くつくばの空より祈っています』

と打った。

駅を降りて、バス乗り場で並び始めた頃に携帯が震えた。みるくちゃんからのメールだった。

『つくばって、ずっとですか。もしかして……転勤ですか？　その変な住人は行くところがないようなので、しばらく置いてあげるつもりです。それに、ご飯を食べる約束もしているので。いつになるんだろうな。つくばでもいいけど』

おいおい。おれは帰るところがあるぞ。このメールは無視することにした。パチンと携帯の蓋を閉じてポケットに戻した時、赤い表示を点けた最終バスがやって来た。

『でも、その変な住人は、時々、無断でいなくなることがあるんだな。相当のおじさんなんだけど、他で浮気をしているかもしれないし……。もう、永遠に不連続な断絶をしたいな、なんてどう思います？』

そのタメ口のような意味不明のメールを見つけたのは、次の朝の電車の中だった。なんだ、これは、愛想をつかしたという、絶交宣言のようにも思える。一体、不連続な断絶って、どういう意味なんだ。史恵は見るはずがないと思いながらも、このメールは消すことにした。しかし、どうしてこの子はメールになるとタメ口なんだ。

出社していくと、隣の席の山本が営業部の若い担当をデスクの前に立たせてガミガミ怒鳴っていた。よく見る光景だ。大口商談の失注報告を受けているようだった。

「とにかく、今日の午後にでも、もう一回、アポを取れ。俺が行く」

「ですが、もう、相手に発注したそうです」

「口頭内示の段階だろ。とにかく、行く」

そんなやり取りを横で聞きながら、メールをチェックした。前日に入ってきたメールも何通かあった。上村さんからのメールもあった。しかも、二通も。今朝の八時過ぎに打たれていた。

一通はいつものスケジュールだった。通常は前夜か、その日の朝、九時前後に送られてくるのだ。もう一通は、昨日、行ってきた筑波工場の野崎宛で、日比野と中島には同報になっていた。見せてもらった例の試作品についてのことだった。感想と、上村さんなりのアイデアが控え目に提案されていた。デザインと一人での操作法、それに強度対策が書かれていた。寝ずに考えたのかどうかはわからないが、なかなか的を射た内容になっていた。連れていったのは正解だったなと思った。

「何を朝からニヤニヤしてるんだ。いいことでもあったのか」

目の前に山本が立っていた。

「昨日、筑波の中島の所へ行ってきた」

「美人秘書を連れていったから、お局さんは御冠だそうじゃないか」

「よく、知ってるな。最初はな。まあ、それもクリアした」

「いい生活してるよな。お前は。キレイ所に囲まれて」

「ひがむなよ。そうしろ、といったのはお前じゃないか」

「そうだったかな。営業の連中がだらしないんで、つい、愚痴もいいたくなってくる」

「大口案件か」

「三十八階建てのインテリジェントビルだ。しかも、二棟分。億の仕事だ」

「役員会で発表してたやつか」

「そうだ。もう一度、ねじ込んでみるが、最後は入札だったからな」

「営業はどうしてるんだ。促進が出ていくこともないだろう」

「もう、任せられん。あそこは俺の営業時代のユーザーだ。直談判してくるから」

山本は両の掌を上に向けて肩をすくませて見せた。それから、自分の席に戻ろうとして、振り返った。

「これから出かけるけど、夕方には帰って来るから親父っさんの店でものぞいてみるか。どうだ」

寿司をつまんだ後は、どうせ、パピルスへ行くのだろうと思った。

「帰って来なくていいよ」

「とかいって、ご無沙汰だろう」

山本はニヤリとした。二人だけにしかわからない笑みだ。

モニターの画面に視線を戻した。上村さんのメールをもう一度、読み直し、日比野なりの感想を打ち込んで、全員に宛てて返信した。その日は町田のショールームへ行くことになっていたので、昼一番に入れるように支度をして出かけ、五時過ぎに会社に戻って来た。

山本はまだ帰って来ていなかった。多分話が長引いているのだ。どうせ戻れないのだろう。日中の暑さでいささか参っていたので、時間になったらさっさと帰る心積もりにした。机の書類を片付け、携帯をかばんに入れて帰り支度をしていると、携帯が鳴った。山本からだった。

（すまん。すまん。粘った甲斐があって、敵失があることを見つけたよ。担当役員は昔からよく知ってる人なんで、これから飯を喰いに行く約束をしたところなんだ）

（それじゃ、今夜は無し、だな）

（待て、待て。早まるな。アルコールはからっきし、駄目な人だから、二次会はない。パピルスで待っててくれ。必ず行くから）

（じっくり、腰を据えて接待した方がいいんじゃないか。今度にしよう）

（駄目だ。駄目だ。運気が上向いてきたから、絶対、パピルスに行かないといかん）

訳のわからない理由で、承知させられてしまった。尤も、みるくちゃんの変なメールも気になっていたので、行きたくないこともなかった。しかし、何となく行きたくないようなモヤモヤしたものもあって、中途半端な気分になっていたのも事実だ。

日比野は一旦、座り直した。帰って来てから、パソコンを開いてなかった。メールを見た。何件かの中に混じって上村さんからのメールも又、届いていた。昼過ぎに着信していた。

『お礼が遅くなりました。昨日は、筑波工場へ同行させていただきありがとうございました。いろいろ勉強になりました。ところで、マネージャーは今夜は空いてらっしゃいますか。もし、大丈夫でしたら、お誘いしたいのですが……』

時計を見ると六時前になっていた。この時間なら、ショールームも閉める時間帯なので、返信しても見てくれるかどうかわからなかったが、恐らく、飲み会の誘いだろう。電話を掛けるか、メールで返信するか、迷ったが、メールにした。何せ話が急すぎる。今夜は先約があるので、と断りを入れておいた。

すると、五分も経たないうちに、メールがきた。

『了解です。急な話で申し訳ありませんでした。筑波工場訪問の報告会をします。三人で行ってきまぁ〜す。マネージャーも飲みすぎないようにして下さいネ』

待ち構えられていたような返信だった。しかし、この飲み会が後で大事件になろうとは、その時、知る由もなかった。

それから、席の周りをごそごそし出して、不要な書類や通知文書やらを処理して、結局、会社を出たのは、七時を回った頃だった。寿司屋のカウンターの隅に腰を下ろした。

「珍しいねえ。今日は一人なんだ。山ちゃん、どうしたの」

早速、親父っさんが声を掛けてきた。確かに、日比野は食事だけ以外で、一人で、こういう店に足を運ぶことは、まずない。

「仕事が延びているらしいよ。一緒に来る予定だったんだけどね」

「そうなんだ」

「あいつは、一人で来ることあるの」

「あるある。尤も、いつも後口がある時だけみたいだけどさ」

そういうことか。

つまみを作ってもらい、麦焼酎の水割りを飲んだ。一人ではピッチが速い。三回、お代わりをして、寿司を何貫か握ってもらった時には出来上がっていた。ふと、思い付いて、折りを頼んだ。

「なるほどね」

「どうしたの」

「それ、奥さんへの土産じゃないよね」

すこし、狼狽《うろた》えて曖昧にうなずいたと思う。

「後口の方だね。同じ穴の狢《むじな》ってやつだ。山ちゃんが頼んでくるのと同じでいいね」と親父っさんが勝手に仕切ってきた。

「どんな感じ」

「とり貝と雲丹《うに》を入れて、後は適当に、ってとこかな」

かすみちゃんの好みか。

「あいつはいつも、頼んでるの」

「大概ね」

折りが出来たところで、結構、マメなやつだなと思いながら店を出た。パピルスは近い。もう、来てるかなと思いながら、折りをブラブラさせて階段を下り、パピルスのドアを開けた。大音響のカラオケの音と「いらっしゃいませ」の声が同時に襲ってきた。奥からかすみちゃんが飛び出してきた。

「日比ちゃん、遅い」

「山本、来てるの」

かすみちゃんは首を振った。入口に近い席に座らされた。

「あいつから、連絡あった」

「メールでね」

かすみちゃんがおしぼりを広げながら渡してくれた。

「すこし遅れるから、つないでおいてくれって。つなぐ相手が違うんじゃないかしらね」

と笑う。

かすみちゃんが作ってくれたウィスキーの水割りを一口、グイッと飲んで辺りを見回した。奥に一組いて、女の子が四人ほど付いていた。他はいない。

「大丈夫。みるくちゃん、すぐ来るから」

と見透かしたようにいう。

「はい。これ」

かすみちゃんの目の前に寿司の折りをぶら下げた。

「あら、ありがとうございます。悪いわね、気を遣わせちゃって」

そこへ、みるくちゃんがやって来た。ニコニコしながら、日比野の横に座った。

「あれっ」

感じが違う。よくいえば、あか抜けてきた。悪くいえば、薄物の肩を露にした青いドレスのせいもあるのだろうが、業界の水に馴染んでそれらしくなってきている。

「みるくちゃん、可愛くなったでしょう。気が付かない」

まあ、そう思う。

「髪をカットしたんです」

頭の後ろに手を当てた。そうだったのか。そういうことにはいつも気付かないので史恵から文句をいわれることがある。

「お寿司、早速、いただいていい」

「どうぞ。どうぞ」

「小皿、取ってくるね」

かすみちゃんが席を立った。

すると、みるくちゃんが肩と大きなオッパイをぶつけるようにして、日比野に寄ってきた。

「何だい、何だい」

「みるくのこと、何とも思ってないでしょう」

「……」

何と答えればいいのか。

「だから、不連続な断絶ですよ」

何のことか、さっぱりわからない。

「これこれ、日比ちゃんをいじめちゃ駄目よ」

かすみちゃんが戻ってきた。手早く三枚の小皿に醤油を注ぎ、セットした。

かすみちゃんが、

「お先にいいですか。わたしの好物、よく知ってたわね」

といいながら、とり貝を箸でつまんだ。

「みるくちゃんも食べなよ」

「はい。いただきます」

箸を割った。

「日比ちゃん、みるくちゃんを大事にしないといけないわよ」

口をモグモグさせながらいう。

「どういう風に」

かすみちゃんが笑い出した。

「みるくちゃん、どうしてほしいの。いつも、日比ちゃんのこと、なんだかんだ、いってるじゃない」

「可愛がってほしいです」

みるくちゃんは背筋をキッと伸ばすようにした。そこがおかしいのか、かすみちゃんは又、笑いだした。

「だから、どうしてほしいかよ。キスはもう、してもらったの」

みるくちゃんの顔が赤くなった。こちらも顔が赤くなりそうだった。

「そんなんじゃありません」

「じゃ、何」

日比野は自分も関係があるのに、何だか他人事《ひとごと》のような気がしている。現実味がないのである。寿司の折りはあらかた空になっていた。余程、お腹が空いていたのか、好物なのか、かすみちゃんがほとんど平らげていた。

そこへ四、五人の団体が入ってきた。いつも、席の間を飛び跳ねるようにして動いているマネージャーが「いらっしゃいませ」と調子っぱずれの声を出すと、女の子たちも一斉に声を出した。

マネージャーが飲み物のセットを持って横を通り抜ける時に、

「かすみさん、お願いします」

と、声を掛けてきた。

「やれやれ。出稼ぎしてくるわ。お寿司、ご馳走様でした」

と、立ち上がった。

「その前に、メール、チェックしてこようっと」

入口のドアを開けて、外へ出ていってしまった。

「どこへ行ったの」

「ここ、携帯の電波が届かないので、皆、一階の郵便受けに携帯を入れているんです」

そういうことか。

「店に、電話掛けてこれないの」

「接客中だったり、プライベートだと嫌でしょう」

「なるほど。それで定期チェックか」

かすみちゃんが戻ってきた。

「山ちゃん、今日は来れないって。お客さんと麻雀だって。つまんなぁい」

何となく予想はしていた。

「そういうことだから、みるくちゃん、しっかり可愛がってもらいなさい」

「はぁい」

かすみちゃんは奥のテーブルへ行ってしまった。みるくちゃんは日比野の顔を見て、フフと笑った。二人っきりのこういう雰囲気は苦手だ。しゃべらないといけない。

「してほしいことあるの」

「あります」

みるくちゃんは更に身体を押し付けてきた。大きなオッパイが完全に左腕に密着している。

「こうやって、いつもそばにいて下さると幸せです。ほら、くっついているとお互いの電流が交互に流れ始めるでしょ。他は何も要りません」

他愛もないと思う。

「電流なんて流れてないよ」

「あら、人間の身体って、脳からの電気信号で、指令が伝わっていくんです。だから、電流が流れています」

理系女子なんだなあ。

「本当に」

「本当です。だから、こうやって、くっついていると、みるくの脳からの指令が日比野さんの方へも流れて行きます。今から、指令、出しまぁす」

「……」

「わかりましたか」

「わからんよ。オッパイが当たっているのだけはわかる」

みるくちゃんは大きな声で笑い出した。

「ところで」

「何ですか」

「不連続な断絶って、何」

「連続性があるか、ないかは、実験ではとても重要なファクターなんです」

「あのメールは実験がうまくいかなかったので、八つ当たりしてきたの」

「あれは違いますよ。日比野さんが来てくれないので、ぶち切れる、時々。だから、不連続な断絶なわけです」

「そういうことね」

実験とはまったく関係がない。

「そういうことです。でも、今日は来てくれたから許してあげます」

結局、その日も延長をして、今度の土曜日の午後、月島で、もんじゃでも食べようかという約束をして店を出た。

翌日、江東のショールームへ出かけた。二階の事務所のドアを開けて入った途端、嫌な空気を感じた。何か変だった。みるくちゃんのいう誰かの脳からの電気信号が密着するまでもなく、空気に乗ってピリピリと流れているようだった。間もなく、発信源を特定できた。

それは濱中さんのようだった。取り付く島もないような感じでパソコンの画面を睨み付けていた。一方、上村さんの背中がやけに小さく見えた。シーンとして、コトリとも音がしないような雰囲気になっていた。

確か、昨夜は三人で飲み会をやったはずだが、何か、まずいことでもあったのだろうか、酔った勢いで、誰かがというより、上村さんが何かをやらかしたのではないかと感じた。いつものようにお茶を入れてくれた吉原さんが困ったような愛想笑いを浮かべた。

予定通りの来客があって、その凍り付いたような空気は、一旦、解凍された。その日の昼食は一人で食べに出かけたが、戻ってくるとメールが入っていた。上村さんからだった。目と鼻の先にいるのに、と思いながらもやはり、という感じで開けてみた。

『折り入って、ご相談したいことがあります。定時後、お時間いただけないでしょうか』

うーん。深刻そうだな。

『了解しました。場所と時間を決めて下さい』

しかし、相談の内容にもよる。駅の近くとか、あまり便利な所だと、誰かに見られて困るかもしれない。本社に戻る積もりもあったので、メールで『銀座デパートの二階の喫茶室で』と打ち直した。しばらくしてショールームを出た。

席に戻ってみると、山本が早く帰って来ていて、目が合うと、

「昨日はすまん。どうだ、今夜は仕切り直しで」

と手で飲む仕種をして見せた。

「今夜は用事がある」

と断わると、

「みるくちゃんは、お前に何故か、ぞっこんだぞ。一応、素人のアルバイトだから、あまり、深入りせん方がいいな」

と片目をつぶって見せた。

土曜日、店は休みなので、会う約束は同伴狙いでないのは確かだと思うのだが、多少の危うさも感じてはいる。それもこれもある意味、元を糺せば山本のせいではないか、などと考えながら、定時過ぎまで、連絡文書やメールを整理して会社を出た。


約束したデパートの二階にある喫茶室に行くと、上村さんはもう来ていた。横にブランド物の小さな紙バッグを置いていたので、視線がそちらを向いた。すると、悪戯《いたずら》を見つかった子供のように、

「衝動買いをしちゃいました」

と首をすくめた。

アメリカンを頼んだ。

「買い物は好き」

「大好きです。だから、お金がすぐなくなっちゃいます」

ペロッと舌を出した。

「ところで、折り入っての相談て何？」

「すみません。お時間取っていただいて」

「別に構わないよ」

「昨日、三人で飲み会に行ったんです」

「行ったらしいね。それで」

「筑波での話をしました。途中から、濱中さんが黙りだして、段々気まずい雰囲気になったんです。何か、まずいこと、言ったんでしょうか。わたし。それとも、やっぱり、筑波行きはよくなかったんでしょうか」

確かに、先輩の濱中さんを差し置いて、筑波に連れていったのはまずかったかな、と日比野も思ったが、それは口にしなかった。

「あまり、気にしなくていいんじゃないか。濱中さんの虫の居所が悪かったんだろう」

それに、どうしても筑波工場は濱中さんにとっては鬼門だろうからな。

「そうでしょうか。今朝から口もきいてくれませんし」

合点がいかない顔だ。

「そのうち、直るだろうよ」

「だと、いいんですけど」

その話はそれで終わりになった。

「でも、筑波行きは楽しかったんです。ああいう風に、物を考えて、作り上げるって素敵だなって。野崎さんには、すぐにわたしなりのアイデアをメールで送りました。素人考えですけどね」

この辺りは式神のＤＮＡが働いているのかもしれない。

「大したもんだ。やる気満々だね。一緒に行ってもらってよかったな」

ある意味、それが上村さんに期待していたことでもあった。

「本当に、ですか」

「そうだよ」

「でも、飲み会で調子に乗りすぎたのかもしれません。マネージャーがいて下さってたら、適当にブレーキを掛けていただけたかも」

と肩をすくめた。

「まあ、いいじゃないか」

それから、イタリア料理の店に行った。昔、企画時代に使った店だ。コースはやめて、アラカルトで何品か取った。赤ワインで乾杯をする。

「いいお店ですね」

壁板は少しくすんだ木目調の古い店だが、照明は控え目で隣のテーブルとの間隔は余裕があって、落ち着いて食事や会話ができた。

「昔、といっても、尼崎へ転勤になる前だけど、時々、広告や新聞の代理店の人たちと会うのに使ってた。もっとも、その中の誰かに教えてもらった店なんだけどね」

「マネージャーは他にもいいお店を一杯、ご存知なんでしょう」

「そうでもないよ」

確かに、そんなには知らない。ふと、今度、みるくちゃんともんじゃを食べに行く約束をしたが、どうしたものだろうかと思う。しかも娘の美雪より若い。連れていく店の心配より、一種の罪悪感が急に襲ってくる。勿論、上村さんはそんな動揺に気付くはずもなく、二杯目のワインを屈託なく空ける。

「上村さん、彼氏はいないの」

野暮とは思いながら、照明のせいか、艶々して、少し上気したような表情につい誘い込まれて聞いてしまった。

「いません。そんな人」

まことにあっけらかんとしている。そうだろうな、式神の孫だしな。そんなものいないだろうな、と妙に納得できる。

「マネージャーと奥様とはどうやって」

自分の方へ突っ込まれるのを嫌ってか、こちらへ振ってきた。

「僕のところね。……まあ、社内恋愛みたいなもんだよ。昔は流行《はや》ってた」

言い方は変だが、確かに、あの頃は流行っていた。山本だってそうだ。他店の営業所から、引っ掛けてきたのだ。

「あら、どちらのセクションにいらっしゃったんですか」

ピザをかじりながら聞いてくる。

「総務だよ」

「まあ、わたしたちと同じですね。大先輩」

確か、史恵とは社内のクリスマスパーティで知り合い、その後、山本と一緒に二次会に誘った。それから何となく意識し始めたと思う。決して美人ではないが、ホッとするような個性的な顔立ちに惹かれたのかもしれない。まあ、今風にいえば、性格もすこしナチュラルということだったのだろう。

「総務といっても庶務だよ。あの頃は今のように、あちこちに展示場もなかったしね」

「前は多かったんですか、社内結婚て」

「結構、あったね。今は少ないのかな」

「ですね」

「出会いの場が多いからね、この頃は社内でなくてもね」

「ところが、おっとどっこい、なんですよ」

「どうしてかね」

と聞いてはみたものの理由はわかっている。女性が自活できる時代になっているのだ。兄弟姉妹も少ないので、家から放り出されることもない。美雪もそうなのだ。一人暮らしをしているが、二十八になるのにまるで意識がない。あれではじき三十だ。

そんな話をしながら食事を終えた。この後を誘うのは、会社の部下だし、下心があるようにもなるので止めた。いつもの乗り換え駅まで一緒して別れた。

家に帰ってみると、めったに寄り付かない美雪が戻ってきていた。予期したわけではなかったが、先程の思いと重なる。

「どういう風の吹き回しだ」

テレビを視ながら缶ビールを飲んでいた。

「たまには、親に顔、見せないとまずいかなって」

「何いってる、こんな間の日に」

日比野も隣に座り込んだ。

「実は、明日から、熊本に出張なの。朝、早いし、ここの方が羽田に近いでしょ」

リビングの隅にキャリーバッグが転がっている。美雪はシステム開発の会社に勤めている。

「日帰りかい」

「クライアントの新しいシステムがトラブってるらしいから、多分、二日はかかると思う」

「淳也もメキシコへ行って帰って来たばかりだぞ」

「らしいね」

日比野も冷蔵庫を開けて、ビールを取ってきた。

「ごはんは」

「食べてきたわ。お父さんも済ませて来てるんでしょう」

「ああ。お母さんはどっかへ行ったのかな」

史恵の気配がなかった。

「メモがあったわよ。カラオケ飲み会って書いてあった」

確かに、テーブルにメモが載っていた。同年輩のいつもの連中と一緒のようだ。

「風呂は洗ってあるから、沸かせってさ」

「もう、沸いてる。わたし、先、入るね」

これだ。中学生頃から、日比野の後には、入らなくなっていた。

「いい人、出来ないのか」

「全然」

「すぐ、三十だ。三十路《みそじ》って知ってるか」

「アラサーでしょう。でも結婚は選択肢。まあ、仕事に行き詰まったら考えるわ」

やれやれと思う。子供だって、早く生んだ方がいいに決まっているのだが、そこまでいうと、ブーイングが来そうだ。

美雪が風呂へ入る支度を始めたので、部屋に入って着替えた。淳也も帰って来てもかなり遅いだろう。史恵もまだ帰って来そうにないので、先に寝ることにした。

土曜日になった。みるくちゃんと約束した日だ。空は朝から、カラッと晴れ上がり、史恵には後ろめたいが、いいデート日和になった。大学時代の同窓会だといって、昼過ぎに家を出た。

「あなたの同窓会って、珍しいんじゃない」

女の勘か、出がけに探りを入れてきた。

「うん、珍しい。面倒見のいい奴はいないのに、何人かで集まろうって珍しく連絡してきた」

と史恵の知らない友人の名前を挙げてかわした。

それにしてもいろいろあった週だ。濱中さんは、多少、緩んだものの相変わらずビリビリ電気信号を発信していて、日比野に対してもそっけなく事務的だった。上村さんは借りてきた猫のように大人しく首をすくめているようだった。心当たりはないものの、その原因を作ったのは自分ではないか、という気さえしてきた。

それに、久々に営業現場に戻った山本が張り切りすぎて、空回りみたいな状況に陥り、とにかく、人を呼びつけるので、席の周りが騒々しくて仕方がなかった。

待ち合わせは東急線の渋谷駅だったので、近くの書店ですこし時間をつぶして、五分前に改札口へ行ったが、まだ、来ていなかった。

時計を見た後、急に後ろめたくなってきた。こういうことは、関西でもないこともなかったが、何といっても単身赴任先だ。関西では旅の恥は搔き捨て精神だったが、ここは地元だ。

目の前に、にゅうっと顔が現れた。

「お待たせしました」

店よりもまだ若く見える。やばい。年甲斐もなく心臓がドキドキしてきた。何だか、声が裏返りそうだ。ごまかすように、時計を見る。時間通り。ピッタリだ。さすがに理系女子だ。

「どうしたんですか。だいぶ、待ちました？　怒ってます？」

「いやいや、時間通りだよ。それに……」

やっぱり、声が裏返っているようだ。

「何だか、変です。今日の日比ちゃん」

いつの間にか、日比ちゃんになっている。まあいいか。

「……店より、可愛いし」

左肩をバシッとはたかれた。

「まあ、うれしいです。今日は気合メイクです」

薄物の柔らかいレモン色をしたノースリーブに花柄のフレアースカート姿だ。生地のせいか、やたら胸が強調されて見える。まぶしいくらいだ。白いバッグを提げている。

「いや、お世辞抜きで。本当だよ。みるくちゃん」

「ありがとうございます。でも、今日は、くるみって呼んで下さい。日比ちゃんも素敵です。いつもの日比ちゃんじゃないみたい。爽やかです」

生成りのチノパンに白い鹿子《かのこ》地のポロシャツ姿だから、特に誉められるほどのものではない。尤も、パピルスに行く時はいつもスーツだから、雰囲気は少し違って見えるかもしれないが。

「お昼は」

「はい、朝昼兼用でしたから、まだ大丈夫です」

日比野もまだそんなに空いてはいない。

「何処か、行きたいところ、あるかな。もんじゃの前に」

「そうですね。できれば、高いところがいいです」

「高いところか。東京タワーとか」

「いいですねえ。でも、人工的でない方が」

「じゃ、ビルも駄目だな。山ぐらいしかない」

「山、いいですねえ」

「上野の山か」

「あれは山ではありません」

二人は人混みに押されるようにして歩いている。渋谷は本当に人の多いところだ。

思い浮かばなかった。会ったら、すぐ食事をして、その後はお茶でもして帰るというイメージだったので、これは想定外だった。

「ちょっと、待って下さいね」

みるくちゃん、いや、くるみちゃんはバッグからスマホを取り出した。

「検索してみます」

歩きながら、右手の指で画面を繰り始めた。腕に通したバッグが揺れる。慣れている操作のようだ。

画面が次から次へと目まぐるしく切り替わっていく。日比野はまだ、スマホに切り替えていない。

「いや、すごいな。くるみちゃん」

そう声を掛けると、きっとして、日比野を睨んだ。いや、そう見えた。

「くるみ、って呼び捨てて下さい。その方がうれしいです」

すぐに画面に顔を戻す。

「あっ、はい」

間の抜けた返事をした。すこし、どぎまぎする。

「あのう」

うん、とうなずいた。

「愛宕山《あたごやま》って、ご存知ですか」

「愛宕山。相撲取りみたいな名前だね」

くるみちゃんはクスクスと笑った。

「奥多摩の方？」

かなり、時間がかかりそうだ。行くだけで、日が暮れる。

「いえ、都内です。港区」

「港区。渋谷から近いな」

「結構、近いです」

「丘みたいな感じ？」

「そこそこの山のようです。昔、NHKのあったところだそうです。愛宕神社があります。他には、山王日枝《さんのうひえ》神社も山になっているみたいです」

赤坂の日枝神社なら近い。行ったことはないが、山王下ならよく通る。しかし、山というほどではない。

「日枝神社にしようか」

後は、赤坂で食事すればいい。もんじゃでなくてもいいだろう。

くるみちゃんは、ウーンという顔をした。

「愛宕山にしませんか」

「いいよ。相撲取りが好きなんだね」

くるみちゃんは周りの人が振り返るほどの大声で笑い出した。

「はい。昔、曲垣平九郎《まがきへいくろう》というお侍がそこの石段を馬で駆け登ったそうです」

港区にそんな高い山があったかな。

「馬でね。最寄り駅、出てるの」

「地下鉄の神谷町か御成門、ですね」

「ここから、どうやって行けるか、わかる？」

「そうですね。渋谷だから、恵比寿へ出て、日比谷線で神谷町かな」

「じゃあ、そうしよう」

取りあえず、第一目標は決まった。と、いきなり、左脇に腕を差し入れてきた。くるみちゃんを見ると笑い出しそうにしながら、知らんぷりして前を向いている。

地上に出た。陽に当たった腕のうぶ毛が金色にキラキラしている。日比野は脇と腕の間で何ともいえないくるみちゃんの弾力を感じていた。

すると、ストンと手が脇から滑り落ちるようにして、日比野の手を握り締めてきた。それが合図かのように、日比野の方を向くと、

「急ぎましょう」

と微笑んできた。

神谷町の駅から上がってきても、一体、東西南北がどうなっているのか、日比野にはわからなかった。一旦、手を離したくるみちゃんはスマホを操作しながら、

「この道が1号線で、日本橋はこっちか。よし」

とつぶやくと、再び、手を握り締めてきた。

くるみちゃんはスマホのGPSを見ながら、確信を持って歩みを進めているようだ。引きずられるように付いて行く日比野の方がはるかに頼りない。それに、娘のような女の子と、昼日中、手をつないで歩くのは、正直、気恥ずかしい。交差点の角で、「見えるかな」と、右を見た。

「あった」

小躍りしそうだった。右に曲がって行くと、トンネルの入口に着いた。長さは百五十メートルくらいだろうか。

「この上です」

確かにトンネルの左脇に石の参道があって、案内の標識が立てられていた。

「この坂を馬で登ったんだ」

狭そうだが、登れないことはなさそうだ。

「違うようですよ。トンネルの向こうに、もう一つ坂がありそうです」

くるみちゃんの言葉は確信に満ちていてトンネルに向かって歩きはじめた。くるみちゃんの指差すトンネルの向こうには、「千と千尋の神隠し」のように、何か知らない世界があるような予感がした。しかし、トンネルの出口には山上へのエレベータがあるだけで、世界は変わらなかった。

「本当だ。上にはＮＨＫの博物館もあるんだね」

エレベータの方へ行こうとすると、反対に引っ張られた。くるみちゃんの視線の先に鳥居が見えた。石段があった。正面に回ってみると見上げるような高さだ。勾配はかなりキツい。

「ここを馬に乗って、は無理だろうな」

「でも、上がったんですよね。では、私たちも」

「上がるの」

「はい」

青みがかった目に迷いがない。

「こっちがいいんじゃない」

と右手のもう一つの階段を指差した。回りながら上がるようになっている。

「女坂でしょう」

首を横に振った。

やれやれ。脇の手摺に摑まりながら、一段一段、登って行く。結構、キツい。握っている手が汗ばんでくる。

「あと、すこし。あと、すこし」

くるみちゃんはすこぶる元気で機嫌が良さそうだ。ようやく登りきって、下をのぞいてみると、よくぞと思えるほど、急峻な坂だ。それでも、坂を登ってくる人がいることはいる。

境内は思ったよりこぢんまりとして社殿と池があり、なぜか小舟が舫《もや》われていた。

「見晴らしがよくありませんね」

確かに、独立した山ではあるけれど、周りにはそれ以上に高いビルが林立していた。

「昔は、東京湾も見えたんだろうね」

「はい。想像してみます」

説明板があって、由来や将軍家光の時代に曲垣平九郎が馬で登ってきた話も書かれていた。出世の石段とあの階段が呼ばれているらしいが、曲垣平九郎がその後、どのように立身出世をしたかは触れられていなかった。他に、勝海舟と西郷隆盛の会見や桜田門外の変で水戸浪士の集合場所となったことなども記されていた。

「歴史のあるところだね。知らなかった」

「都会の喧騒がなくていいところです。でも、海抜二十六メートルしかないんですね。ビルに囲まれてかわいそうです」

八階建てのビルくらいしかない。

「周りも少しは遠慮したらいいのになあ」

建設中の高層ビルを見上げた。

「ほんと、そうです」

それから、本殿でお参りをした。くるみちゃんは長いこと、手を合わせていた。結構、信心深いのかもしれない。

「何をお願いしてたの」

振り向くと、くるみちゃんは、ふふ、と笑った。

「平九郎様にあやかって日比ちゃんの出世と……」

そういって笑いだし、

「あとはひ・み・つです。日比ちゃんは」

「くるみちゃんともっと仲良くなれるようにって」

「マジに本当ですか。うれしい。でも、くるみって呼んで下さい。はい、言い直しして下さい」

「じゃ、くるみともっと仲良くなれますように、かな」

呼び捨てはすこし照れ臭い。

「合格です」

腕を絡めてきた。

本当は我が家の健康と家内安全しか祈っていなかった。

広場の先に建物が見えた。

「あれが、ＮＨＫだね。向こうから下りようか。エレベータで」

「駄目です。元の坂を下ります」

「そうなると、せっかく、くるみがお祈りしてくれたのに出世の階段を転げ落ちることになるよ」

くるみちゃんが口に手を当てて大声で笑いだした。

「座布団、一枚です。でも、大丈夫。くるみがしっかり付いてますから。わたし、あげまんだと思います」

請け合ってくれるのはうれしいが、その意味を知っているのか、知らないのか、すごい言葉を使ってきた。

しかし、下りの方が大変だった。文字通り、転げ落ちそうで、足がガクガクして、手摺に摑まって、ようやく下まで行くことができた。汗も登る時より余分に搔いたような気がした。

「陽溜まりのような場所でしたね、都会の」

石段を見上げながら、ホッとしたようにつぶやいた。

「そうだね、本当に」

境内の人たちも自分の時間をゆっくり楽しんでいるように見えた。ビルに挟まれて、そこだけが異空間だった。

「意外にパワースポットじゃないでしょうか」

「何か、感じた？」

「はい、お腹の方に、力が入った、というか、キューッとなって」

「それって、お腹が空いてきたってことかな。そろそろ、もんじゃかな」

「違いますよ。でも、喉は渇いてきました」

日比野もそうだった。こんな山でも、上まで往復するのは結構応える。とにかく天気が良すぎる。涼みたくなってきた。

「喫茶店でも、探そうか」

通りへ出てみたが、そんな気の利いたものはなさそうだった。しばらく行くと酒屋があった。店の前に自販機が二台並んでいたが、道端で立ち飲みするのも体裁が悪い。

「涼みがてら、中に入ってみるか」

「くるみも涼みたいです」

再び腕を絡めてきた。店の中は思った以上に涼しくて、ワインが、所狭しと並べられていた。酒屋というより専門店のようだ。

入口近くの広いカウンターの向こうに年輩の女性が立っていて、

「いらっしゃいませ。何か、お探しのワイン、ありますか」

と声を掛けてきた。

「特には。見せてもらっていいですか」

「はい。よろしかったら、地下にもございますので、ご自由にどうぞ」

女性にはどういうカップルに見えるのだろう、と背中に視線を感じながら奥へ進む。

「いろんなワインがありますね」

「くるみは、ワイン飲むんだっけ」

「すこし。というか、アルコールはあまり強くないです」

「アセロラ専門か」

「はい」

と笑う。パピルスで女の子たちが専門に飲んでいるやつだ。

それにしてもワインはわからない。並べられているボトルの値札には数百円のもあれば、五千円以上のもある。店の奥から地下への階段を降りていくとさらにひんやりとしてきた。照明がすこし暗い。

「すこし、寒いです」

絡めた互いの腕に鳥肌が立っている。すこし埃の付いたボトルに十万円近くの古びた値札が付いている。それがいくつも無造作に転がっている。

「こんなの、誰が買うんだろうね」

不規則にワインの入った木箱が積み上げられている。地階は雑然として歩きにくい。

「ラビリンスみたいです。不思議な空間です。この辺り全体がパワースポットみたいです」

独り言のようにつぶやく。

「ラビリンスでパワースポットね」

「はい」

迷宮か。

「地下のどこかに穴が開いているんじゃないでしょうか。アリスになります。くるみは」

「それじゃ、大きな木の株を探すとするか」

ふふ、と笑い、絡めた腕に力を込めてきた。もちろん、穴に落ち込むこともなく、一回りした後、一階にもどった。店の女性と目が合う。

「お気に召すのはございませんでしたか」

にこやかに笑った。

「見せていただいてありがとうございました。何がいいのか、わからないので。ワインは素人なもんですから」

「口に合うお好きなものでよろしいんですよ。例えば、赤と白ではどちらが」

「どちらかといえば、赤かな」

赤ワインに含まれているポリフェノールというのが身体にいい、と聞いているだけのことだけなのだが。

　女性は再び微笑むと、

「先週、届いたばかりなんですけど」

といって、カウンターの下からボトルを取り出してきた。

「イタリア産ですの。お試しになりますか」

まだ、喉が渇いていたので、ついうなずいた。透明のプラスチックの小さなカップを二つ出してきた。三分の一ほど、入れてくれたのを一気に飲んだ。舌に適度に絡んできた。酸味がすこし強めのように感じた。

　正直に感想をいうと、

「そうなんです。ミディアムで酸味が特徴なんです、これは」

とラベルを見せてくれた。そうされても日比野には銘柄がわかるはずもない。

「最初に匂いを味わった方がいいんですか。こういうワインは」

「香りを楽しまれる方もいらっしゃいます。でも、ワインの楽しみ方は好き好きですから。それに高ければいいというわけでもないんです。これはお値段も手頃で美味しいと思いますよ。

それじゃ、もうひとつ」

と、カウンターの下から、一本出してきた。別のカップに注いでくれたのを、一気に飲んだ。よく冷えていてのど越しがいい。前のより、軽い感じだった。少し、苦味が残る。

「スペイン産です」

くるみちゃんはほとんど飲まず、一杯目を残していた。チェーサー代わりにカウンターのペットボトルから、ミネラルウォーターを出してきてくれたのはありがたかった。

しばらく、ワインの話に付き合ったが、買う気がないとみたのか、店の名刺をくれて、ホームページにアクセスして登録してくれればメルマガを送るという。お礼をいって店を出た。思ったより、長居をしたが喉の渇きは収まっていた。

太陽は西にすこし、傾きかけた程度だ。

「ワインをご馳走になってしまいました」

昼のアルコールは効く。大した量ではなかったのに軽くまわっている。

「さて、どうしようか」

正直、月島へ行くのは面倒臭くなっていた。

「あのう、こういう時、どこか静かな所で休憩しませんか、っていわないですか」

一瞬、ポカンとした。くるみちゃんの顔を見た。ニコニコしていて、その口から出た言葉とは落差がありすぎた。

「いうかな。いわないだろう」

つい、否定した。それに、表現が古すぎるのではないか。しかも、陽はまだ高すぎる。

「その休憩ってやつをしませんか」

「……」

大胆だな。こういう時は間を置かない方がいいのはわかっているのだが、詰まってしまった。

「こんな小娘相手ではいやですか」

すこし、狼狽える。

「いやいや。静かな所って、ホテルでいいの」

「はい」

実に明快だ。

「じゃあ、デイユースを探すか」

決心した。何か、企みがあるのかどうかはわからないが、据え膳食わぬは式の、男の本来の考え方に正直になろうと決心した。

「あのう……」

「うん。行きたいとこ、ある？」

「ラブホがいいです」

直球勝負で来たか。こんな小父さん、相手にしてもいいこと、何にもないぞ。

「じゃあ、ここなら、渋谷が近いな。後は、湯島か錦糸町」

他にもあるはずだが、日比野にもよくわからない。ラブホなんて最近では行ったことがない。

「湯島って、もしかして、東大の隣の」

「多分」

東大のある本郷は、湯島の隣のはずだ。

「湯島にしたいかな」

「何か、思い入れがあるの、東大に」

　ジョークのつもりだったが、

「東大を卒業」

という返事にちょっと驚いた。出身は確か、有名私学ではなかったか。

「すごいな」

「したかったんです。でも、入試、落ちてしまいました」

なんだ、とは思わなかった。くるみちゃんには頭の良さそうなオーラがある。

そんなわけで、湯島へというムードになり、タクシーを拾った。関連性はないとは思うもののくるみちゃんの豊かな胸周りと頭の良さに落差が感じられて仕方がなかった。ほろ酔い気分もあって、つい、それを口にした。

あはは、と運転手が驚くほどの大声で笑う。

「大丈夫です。わたし、そんなに頭、よくないので。栄養は日比ちゃんのご想像通り、胸の方に大部分いってます」

それから、くるみちゃんは試験の時、山を張るのが得意で、高校までそれで来たが、さすがに東大には通じなかったと明かしてくれた。それでもすごい、只者ではない、などといっているうちに湯島に近付いたので、適当にタクシーを降りた。

　すこし、ぶらぶらしていくとホテル街が見えてきた。手を握り合ったまま、そちらへ向かって行くカップルなので、魂胆が丸見えにすれ違っていく人たちに思われているだろうな、と内心落ち着かなかった。二軒目のホテルに、手を引っ張るようにしてさっと入ったが、空室の有り無しの看板をよく見ていなかった。

「空いているかな」

階段を上りながらつぶやいた。

「空室になってましたよ」

しっかりチェックしている。五、六段、上がったところが無人のロビーになっていて、いろいろな部屋を映したパネルが目の前にあった。二ヶ所だけが点灯していて、他は消えていた。使用中ということだろう。

「露天風呂か、ジャグジーのどちらかですね」

二十数室くらいありそうなので、土曜日の午後とはいえ、盛況である。

「どちらがいいの」

「そうですね。露天風呂」

その号室のボタンを押すと、横の機械からカードが出てきた。エレベータに乗って、階を確認すると、最上階のようだ。エレベータを降りて、カードで解錠して部屋に入る。

ギラギラした装飾を予想していたが、アイボリーを基調に組み合わせたシックな造りになっていた。

「落ち着きますね」

シティホテルと変わらない。

「お風呂、見ませんか。どうなってるんでしょうか」

透明のガラス戸の向こうに、四角い岩を組み合わせて浴槽にした風呂があった。縁に『清掃済み』のプラスチックの札が置かれてあったが、まだ、浴槽が乾ききっていなかった。車の通るザワザワした音が聞こえてくる。胸の辺りの高さまで、白いアクリルの壁があり、外の景色が眺められるようになっている。浴槽の真上の半分くらいまで、スモークブラウンのシェードが掛かっている。陽は傾いてきたが、まぶしい。

「素敵です。早く入りたいです」

くるみちゃんが蛇口を捻って、お湯を溜め始めた。部屋に戻って、テーブルを挟んで座る。

「うふっ。何だか、恥ずかしいです」

日比野も恥ずかしいような気分だ。

冷蔵庫の中には飲み物が入っている。

「何か、飲まない」

くるみちゃんはうなずいたが、それほどほしくはなさそうで、何か他のことを考えている風だった。ソファに向かい合って座った。

「結局、仮初めの恋なんです。擬似恋愛でしかないんです」

「うん」

何だかよくわからないが、ここはうなずくしかなさそうだ。

「それをブレイクスルーするしか、ないでしょう。だから」

「だから」

　くるみちゃんは立ち上がり、寄ってくると、いきなり、唇を重ねてきた。

「日比ちゃんのこと、好きなんです。お店とは関係なく」

　すぐに唇を離すと日比野を正面から見つめてきた。パピルスで見るいつもの眼差しではない。

「理屈っぽい女だなと思ってるでしょう。前置きがないと、正直にいえないんです。こんな女って嫌いですか」

「いや、そうでもない」

　日比野は正直いって、少々面食らっている。こういう場所へ来ているからには、ある程度の想像はできるが、どう受け止めていいのか、わからなかった。日比野の後の答え次第では泣き出してしまうかもしれない。壊れてしまうかもしれない。いつの間にか、そんな気配が漂いはじめている。日比野には二人だけで会ったことへの軽い後悔も芽生え出している。

「お風呂、そろそろいいんじゃない」

「はぁい、見てきます」

　どうも、まだ、壊れそうにはないな。陽がようやく傾きはじめて、気だるい光の色になってきている。くるみちゃんが戻ってきた。素足になっている。

「そろそろ、いいみたいです。

「一緒に入らない」

「恥ずかしいから駄目です」

「生物学的にはどうなの」

「生物学はこの際、関係ありません。それより、お腹が空いてきませんか」

テーブルの上には、軽食のメニューが置いてある。

「何か、頼もうか」

「そうですね」

くるみちゃんはメニューを取り上げた。

「もんじゃはないの」

「ないですね」

フフ、と笑う。

「ピザ、どうですか」

サラミ入りときのこ入りの二種類にした。

「くるみ、頼みますから、お風呂にどうぞ」

風呂は広くはなかったが、開放感があって、気持ち良かった。岩のようにざらざらしているが悪い感触ではなかった。こんなことしていていいのだろうか、と思う。同窓会と、嘘をついて家を出てきたが、ここまでは想定していなかった。湯をすくい、顔をゴシゴシ洗い、「非日常」と三回つぶやいた。

風呂から上がると、くるみちゃんは所在無げにベッドに座っていた。放心状態のようにも見えた。

「ピザ、頼めた？」

白いバスタオルを身体に巻き付けたまま、聞いた。

こっくりとうなずくと、

「くるみも、お風呂入りまぁす」

といいながら立ち上がった。

シャッシャッと服を脱ぐ音がした後、くるみちゃんの白い裸身が半透明のガラス戸の向こうに躍った。

あらためて部屋の中を見回す。大型のテレビがあり、レコーダが付属している。ベッドの端に腰を下ろしてどうしたものかとしばらくぼんやりしていた。今更というのも変だが、落ち着かない。テレビでも点けようか、どうか迷っているとドアがノックされた。バスタオルを巻き付けたままだったので、マズイと思ったのだが、そのままドアを小さく開けた。

「ご注文の品をお持ちしました」

年輩の女の声がして、向こうも心得たもので、それ以上、ドアを開けさせようとせずに、狭いすき間から、ピザの載ったトレイをサッと差し入れてきた。お互い、顔を合わせることもなかった。さすがだな、と感心しながらトレイをテーブルに置き、冷蔵庫を開けていると、くるみちゃんが風呂から上がってきた。頭にタオルを巻き、身体にバスタオルを巻き付けていた。

「何か、飲む？」

「じゃあ、コーラをお願いします」

コーラとビールを引き抜いた。自動的に課金されるようになっているみたいだった。くるみちゃんはピザを一切れ、日比野は二切れ摘まんだ。しばらく無言になった。

「いいお風呂でした」

「伸び伸びするよね」

「ええ……」

目と目が合って、見つめ合うようになった。それが合図になったようだ。

第二章

週明けの朝は雨になっていた。日比野は電車の吊革に全身の体重を掛けるようにして、フーッと息を吐いた。二日前のことは夢のようで、現実のこととはとても思えなかった。

家に帰り着いたのは十一時前だった。

「思ったより、早いのね」という史恵の言葉を背に受けて、すぐに風呂に直行した。史恵の顔をまともには見られないと思ったからだ。その日、三度目の風呂だった。

頭を洗っていると、

「わたし、明日は朝、早いから、先に休むね」

と、外から史恵の声が掛かった。

確か、友達と都心へ出て、スカイツリーを見てから、どこかのホテルで食事をするような話をしていた。

風呂から上がり、リビングでテレビをすこし視てから寝た。

日曜日は十時頃に起きて朝昼兼用でパンを焼き、ヨーグルトを食べた。それからしばらく新聞を繰った。歩いて五分程の散髪屋に行った。二人、先客がいてしばらく待たされた。家に戻るとソファで二度寝をした。

目が覚めて、ようやく馴れてリビングに出て来始めた二匹の子猫がウロウロするのを眺めているうちに夕方になった。史恵が帰ってきて、作ってくれた夕食を食べ、大河ドラマを視終わると日曜日が終わったような気分になった。前日のことをゆっくり反芻《はんすう》する余裕がなかった。

週明けの午前中は会議が入っていた。ショールームの移転の件だった。席に着くと新聞を読んでいた山本が声を掛けてきた。

「今夜あたり、どうだ」

「例の件はもう、いいのか」

「話は付けた。半分は取れそうだ。後、五パーくらい下げればいいだろう。この先は担当に任せる。俺がしゃしゃり出ることはなかったんだが。その分、値が下がった」

「失注するよりはいいだろう。さすがだな」

それで、その夜の話は何となくまとまったようになったが、くるみちゃんに会いたいような、会いたくないような妙な気分だった。

出席した会議の内容は、移転が正式に決まったということだった。建物や土地の関係は総務でやるが、本社に持ってくるショールームの中身をどうするかは、日比野の方でプランニングの上、稟議《りんぎ》も上げてほしいとのことだった。ほぼ、想定していたことだったが、高級品や技術的に優れた製品を中心にして、会社のイメージアップになるような展示にしてほしいと注文が付いた。

「エクステリアはやらないんだろう」

ここはいつもの寿司屋のカウンターだ。

「そう。無理。それでなくてもスペースが狭くなるしな」

「専務さんのご意向か。一流好みだからな」

「たぶん。一階の改装もそれなりのものに、といわれた。予算はあまりないらしいが」

結局、隣接地を買収して拡張するような計画は資金面も含めてできないらしいとの総務からの情報をリークしてやる。

「おやおや、それは大変だな」

「一階の総務、経理もどこかの階にお引っ越しだ」

「うちの階に来るんじゃないだろうな」

「どうかな」

「お嬢様方やお局様はどんな反応だ」

「今日の会議の話はまだ正確に伝えていないが、賑やかな方に移って来るわけだから、いいんじゃないのかな。それよりも、最近彼女ら、女同士でぎくしゃくしちゃってさ」

「原因は何だか、わかってるのか」

「わからん。上村さんの話だと、女同士の飲み会で、筑波行きの報告をしてかららしいというんだが」

「筑波で誰に会った」

「中島と野崎主任かな。その後、飯を食った」

「そりゃあ、まずいわ」

山本は即座に断言した。

「どうして」

「どうしてって、知らないのか。野崎は、お局様の元旦那だぞ」

「マジかい」

そうだったのか。ピンポイントだったのか。知らなかった。

「上村さん、新製品のことで、奴さんとメール交わしてるぞ」

「その話もしたんだろう。御冠になるのは当然だ」

「トホホだな。これは確かにまずい」

「別れてから、転属願いを出して、ショールームに異動させてもらったはずだ」

「よく知ってるな。さすがだ。しかし、参った」

「放っておけ。どちらにも肩入れしないことだ」

しかし、既に上村さんに肩入れしかけている。まずい。

話はそこで終わって、パピルスへ移った。くるみちゃんは休んでいた。店は二組の団体客で混んでいて、かすみちゃんも山本のそばを出たり入ったりして落ち着かなかった。日比野の横には馴染みのない子が付いていたが、話が盛り上がらなかった。

結局、その日は延長もせず、「ごめんね、今日は。今度、ゆっくり来て」というかすみちゃんの言葉に送られて店を出る羽目になった。仕方がないので、近くのショットバーに入った。

山本はバーボンの水割りを、日比野はスコッチのロックを頼んだ。

「移転が本決まりとなるとお前も忙しくなるな。大変だぞ」

「そうなんだけど、レイアウトとか、コンセプトとかいわれても、俺の守備範囲じゃない。参りそうだよ」

「いっそ、ゼネコンのコンサルに丸投げすればいいじゃないか。専門屋はいくらでもいるだろう」

「気楽にいってくれるね」

「それとも、あの、式神の孫は何といったっけ」

「上村さんか」

「そう、その子にやらせてみれば。お前の話では前向きな子なんだろう」

それはそうだが、先走りする傾向もある。でも、いい考えだと思った。しかし、

「あまり、あの子ばかり贔屓にするみたいなのもなあ」

と思い直す。

「お局様か」

日比野の中では、野崎の元相手というのが頭の片隅にこびりついている。

「若い奴らに任せた方がいいって。どうせ、お前にはセンスのセの字もないんだから」

「確かに。高級感とか、重厚感とか、俺にはわからん」

「ハイソな生活には、俺たち、縁がないからな」

無理に背伸びしてもチグハグになるだけなら、若い人たちとコンサルに任せた方が無難だろう。

「しかし、うちの製品でハイソな品揃えができるもんだろうか」

「いいとこ、突くな。うちの製品では無理だ」

「だろう。何、考えてんだか」

二杯目のロックを頼んだ。

「知ってるか、アメリカの内装メーカーとうちが手を組む話を」

初耳だった。

「役員会でも極秘で、オフレコらしい。議事録にもチラッとしか載せていない内容だ」

さすがに、情報通の山本だ。

「どこと」

「そこまでは知らん。ただ、今度のショールーム移転と関係がある」

山本はよく知っている。

「そうなのか」

「高級感や、ハウスケア力なんかをアピールして、技術力で交渉を有利に進めようとしているんじゃないか。だから、今度の移転話はな、渡りに船なんだぞ」

「そういうことか」

「そう。本社ショールームは、まあ、その試金石ってやつだ」

「誰が交渉を進めているんだろう」

「専務だよ。行く行くはニューヨークにショールームを出すことも考えているらしい」

「よく知っているな」

本当に感心するくらいだ。そこへいくと、自分は直接、関係があるのに何もつかんでいない。

「そうなると、お前は現地責任者としてニューヨーク駐在だな。史恵さんを連れて」

「まさか」

しかし、何だか、身体が身震いしてきそうな話だ。

「だけど、今のようなスタンダードなショールームも、やっぱり、都心には一ヶ所要るんじゃないか」

「それはそうだが、うちの営業的には、今の製品では薄利多売で、競合も多いから旨みがない。もっと付加価値を付けないと」

いわれてみればその通りだ。しばらく営業の現場を離れているが、そんな空気は肌で感じている。ロックは二杯で切り上げ、店の前で山本と別れた。

次の日、ショールームに出かけて、前日の打合せた内容を話したが、彼女たちに驚いた風はなかった。勿論、移転の話そのものは以前から知っているはずではあったが、ニューヨークの件は伏せたものの、その程度の話、今さら、という雰囲気があった。

「何か聞きたいこと、あるかい」

「制服は変わるんですか」

「そうなんです。今のは、大分くたびれてきてますので」

上村さんがうなずいた。

関心はそこか。確かに、今の臙脂《えんじ》色の制服は多少、地味ではあると思う。

「どうだろうな。そこまでの細かい話はこれからだけど、検討対象には上がるかもしれない」

「是非、お願いします」

と若い二人から頭を下げられた。濱中さんは黙っていた。

話はそこで終わって、通常の業務に戻った。事務所の空気はややましにはなったが、元に戻るにはまだ時間がかかるだろう。しかし、原因が推定出来たので、その分、肩の荷は軽くなったような気がした。その日は、宇都宮のショールームへ行くつもりだったので、早目に出ることにした。

一旦、本社の席に戻ってメールをチェックすると、たった今、行って来たばかりのショールームからメールが入っていた。吉原さんからだった。タイトルは、『上村さんが怪我をしました』。ギョッとした。慌てて開いた。

『すいません。濱中さんが携帯にお電話したのですが、お出にならなかったので、メールさせていただきました。上村さんが……』

と文が続いていた。

かばんの中から携帯を取り出すと、確かに着信のシグナルが光っていた。留守番電話も入っていた。メールを見ながら折り返しのキーを押した。四回か五回、呼び出し音が鳴った後、濱中さんが出た。

(日比野だけど……)

なるべくゆっくりしゃべろうとした。相手は動転しているかもしれない。

(濱中ですけど、すみません。私が悪いんです)

周りのザワザワした音が聞こえる。

(上村さんが怪我したってメールを、今、見た。事情がよくわからないが、とにかく箱が落ちてきて怪我をしたんだね。彼女、大丈夫なの)

(棚の上から、ドアノブの箱が落ちてきて、頭に当たって、かなり出血しています)

濱中さんはやはり少し動揺している。

(今、上村さんは?)

(救急車で運ばれた病院で、手当してもらっています)

結構、深刻だなと思った。

(意識はあるの)

(本人は、大丈夫といってますけど、顔色は真っ青なんです)

泣き出しそうな声だ。

(医者は何と言ってる)

(まだ治療中なんですが、救急隊員の話ですと脳挫傷の恐れがあるのではと)

脳挫傷。ちと、やばい。

(上村さんの家には)

(まだです。連絡先聞けなくて)

(わかった。やっておく。僕もそちらへすぐ行くよ)

病院の名前を聞いて電話を切った。かばんをつかんでエレベータを待てずに階段を駆け降りて一階の総務課に行った。竹田課長はいなかったが若い主任がいた。名札に戸部とあった。

「ショールームの上村さんが怪我をして、病院に運ばれた。自宅の電話番号を教えてくれないか」

「怪我の程度はどうなんですか」

一人の女子社員が小走りでキャビネットに向かった。

「まだ、詳しくはわからないが、大丈夫だと思う」

頭の怪我は思っている以上に出血するし、救急病院は経緯がわからないからオーバー目にいうことは経験的に知っていた。病院の名前を教え、メモをもらった。

「自宅には僕から連絡する」

「マネージャー、お願いします。いずれにしても労災ですから、わたしも後で行きます」

「頼むよ。じゃ、もう出るから」

「あのう、上村さんといえば、確か……」

「そう、関西工場長のお孫さんだ」

フロアー内に、一瞬、プラズマのようにビクッとした軽い緊張が走った気がした。

ビルを出て、やって来たタクシーを拾った。メモ紙を見ながら携帯のキーを押した。三回ほどコール音が鳴って相手が出た。

（はい。上村でございます）

落ち着いた女性の声だ。

（もしもし、私、会社の日比野と申します。お世話になっております。失礼ですが、くららさんのお母様でいらっしゃいますか）

（あっ、はい。こちらこそいつもお世話になっております）

のんびりした口調だ。

（突然のお電話で恐縮ですが、お嬢さんが頭を怪我されまして、出血もありましたので、病院で今、治療してもらっています。多分、大事はないと思いますが、私も病院に向かっているところです）

（あら、そうなんですか。そそっかしい子ですから。で、怪我の具合は）

のんびりというよりおっとりした口調だ。まるで食事中に味噌汁をテーブルにぶちまけた子供の様子を聞いているようだ。

（私もまだ詳しくは聞いていませんが、ちょっと出血したそうです。大したことはないと思います）

脳挫傷の恐れがあるなどとはとてもいえなかった。病院の名前とおおよその場所と日比野の携帯の番号を伝えて電話を切った。すぐに病院へ駆けつけてくれるようだった。

流木が引っ掛かって堰き止められていた濁流が一気に溢れ出すように疲れがどっと出てきた。道が混んでいたので、病院へは三十分くらい掛かった。中くらいの大きさの公立病院だった。救急外来の方へ行くと処置室の前に背もたれのないベンチがあって、濱中さんが端にぼんやり座っていた。

「どんな様子」

濱中さんが肩を大きくビクッとさせてバネ仕掛けのように立ち上がった。

「あっ、日比野マネージャー。本当にすみません。怪我をさせたのは私のせいなんです」

「いいから。どうなの」

「はい。四針縫って、血は止まったそうです。ＣＴを取って、異常はないそうですが、脳に出血があるといけないので、これから、脳外科の専門病院に回されるところです。救急車を呼んでもらっています」

「上村さんと話、できた」

「はい。取りあえずは元気そうでした」

遠くから、救急車の音が聞こえだした。処置室のドアが開いて、中から医師と看護師に挟まれてストレッチャーが押し出されてきた。頭に目の粗いネットを被せられ、葱坊主《ねぎぼうず》のようになった上村さんの顔が見えた。

「上村さん、大丈夫かい」

「はい。ありがとうございます。気分は悪くありません。ご心配をお掛けしてます」

まだ、痛むのか、歪んだような笑顔を浮かべた。

「どなたか、付き添っていただけますか」

若い医師が日比野と濱中さんの顔を交互に見た。

「私が」

手を挙げた。

「どういうご関係ですか」

救急車の音が急に大きくなった。着いたようだ。

「会社の上司です」

若い医師はうなずいた。

「箱が落ちてきて、頭に当たったようですが、出血は止まっています。四針、縫っています。CTの結果も問題なさそうですが、脳内出血している可能性も絶対、ないといえませんので、念のため、専門の病院を手配しました。それでは、これを先方の先生に渡して下さい」

と茶封筒を渡された。行き先の病院の名前が書かれていた。

「所見とＣＴ検査のＣＤが入っています」

グレイの制服を着た救急隊員がストレッチャーを押しながら廊下をやって来た。

「それじゃ、僕が乗って行くので、濱中さんは会計済ませて会社に戻って下さい。労災扱いになりますが、取りあえずの支払い、大丈夫ですか」

「はい。やっておきます。マネージャー、すみませんがよろしくお願いいたします」

と頭を下げた。隊員と看護師が、よいしょといいながら、手際よく上村さんを新しいストレッチャーに乗せ換えた。

救急外来の入口に救急車がパトライトを点滅させながら止まっている。潜水艦の大きく開け放たれたハッチのようなスペースにストレッチャーが吸い込まれると、これまた、手際よく固定された。日比野も乗り込んだ。医師と看護師の後ろに濱中さんが心細そうに立っていた。それでも、幾分、落ち着いたように見えた。

「締めさせていただきます」と声が掛かった。

日比野は「お世話になりました。ありがとうございました」と頭を下げ、濱中さんに手を振った。ドアが締められるとサイレンが頭上で大きく鳴り出し、車体がブルッと震えて走り出した。

「マネージャー」

上村さんが、右手を差し出してきた。自然に握り締めると握り返してきた。

「気分はどう」

「大丈夫です。ご迷惑、お掛けしてすみません」

「気にしない。気にしない」

手を離すタイミングをうかがうが、上村さんは一向に気にする風がない。

「救急車って狭いし、結構、エンジンの音って、うるさいんですね」

いろいろな装置が取り付けられ、医療器具がぶら下がっている。

「救急車だからね。馬力アップしたエンジンにしているんじゃないかな」

何だか、むずかる幼児をあやしているような気分になってくる。忘れていたことを思い出した。上村さんの母親はもう家を出ただろうか。案の定、自宅へ掛けても誰も出てくれない。

「お母さんの番号、わかる？　今の病院しか、連絡してないから、そっちへ向かわれているかもしれない」

「携帯、ないのでわかりません。番号、思い出せませんし」

仕方がない。濱中さんに、今の病院で待ち受けてもらおう。総務の戸部主任もやって来るかもしれない。電話しておこう。狭い潜水艦の中のような奇妙な空間でエンジンが唸りを響かせ続けた。

連れていかれた病院でのＭＲＩの結果では、脳内出血は認められず、大事はないということだった。ほぼ、予想していた通りだが、よくも、脳挫傷などと脅してくれたものだ。ただ、頭骨にわずかにヒビが入っているかもしれないといわれ、一日、入院して様子を見ることになった。

ＭＲＩの検査が終わった頃、上村さんの母親と戸部主任がほぼ同時にやって来た。そういう頭で見たせいか彼女の母親に関西工場長の面影はあった。

戸部主任は彼女の周りを、体型的にもそうなのだが、弱気な熊のようにおろおろしながらまわっていた。工場長の娘さんがやって来て、その孫が労災なのだから、気を遣っているのだろう。

日比野は検査を待っている間に、ショールームに残っている吉原さんに電話して、再度、事故の事情を詳しく聴いていたので、挨拶もそこそこに怪我の様子と事故の経過を説明して、最後に上村さんを怪我させてしまったことを詫びた。

「そうなんですか。棚の木箱を取ろうとして、脚立で身体がぐらついて、落ちてきたんですね、その箱が。あの子なら、やりかねませんわ。昔からそそっかしい子ですもの」

口元に手を当てて笑っている。そそっかしい性格ということでは片付けられない事故だが、娘のせいにしてしまった。怪我が大したこともなかったせいもあるのだろうが、逆に気を遣ってくれている。

上村さんが治療室からストレッチャーに乗せられたまま引き出されてきて、病室に運ばれることになった。中年の医師が付き添っていて、検査上は問題ないのだが、頭骨にかすかにヒビが入っている様子なので、一晩、様子を見させてほしいと説明してくれた。

「どう、気分は」

母親が声を掛けた。

「大丈夫。心配掛けてごめんね、お母さん」

「本当にあなたはそそっかしい子ね。皆さんにご迷惑掛けてしまったのよ」

上村さんは悪戯が見つかった子供のように首をすくめてペロッと舌を出した。葱坊主のようなネットを被せられた上村さんは幼い子供のように見えた。

二人用の病室に入れられた。もう一人の方は空いていていなかったが、そんなに広くはないので戸部主任は帰した。部屋の隅に置いてある丸椅子を持ってきて、母親を座らせ、日比野も座った。看護師がやって来て、入院手続きを一階の受付で済ませてほしい、といわれたので母親と降りた。受付では恐らく労災扱いになるだろうから、会社で書類を調《ととの》えてほしいといわれた。病室へ戻ると上村さんはショールームの制服から入院着に着替えさせられて、ベッドを起こし、窓の外を退屈そうに眺めている。

「ね、お母さん、明日、着替えを持ってきて。お化粧、どうしようかな」

「一応、病人だし、一日くらい、素っぴんでいたら。どおってこと、ないじゃない」

「そうね。頭から血を出して、無様なとこ、見せちゃったし」

「そうよ。でも、洗面用具とか、タオルくらいはいるわね。売店にあるわよね」

「パンツもお願いします」

上村さんは日比野の顔をチラッと見ながら笑った。

「下着ね。売店にあるかしら」

「コンビニにはあると思います」

日比野は余計なことをいったと思った。二人は顔を見合わせ、笑いだした。すこし、バツが悪い気がする。

「バッグをショールームに置いたままなんです。それに私服も」

「何とか、ここへ届くようにしよう」

「ありがとうございます。日比野マネージャー、今日はずっと付いてて下さるんでしょう」

「くらら、何バカなこと言ってんの。部長さんはお忙しいのよ」

「もうすこし、居ようか」

「ほら、優しい」

「ご迷惑ですよ。あなたのせいで救急車にまで乗っていただいて」

「甘えん坊の上村さんて、めったに見られないから、いいですよ」

「そうですか。わがままで申し訳ございません。それじゃ、お言葉に甘えて、売店に行ってきていいでしょうか」

「どうぞ、どうぞ」

母親の姿が見えなくなると、

「お母さん、何だか、マネージャーの前で上がっているみたいです」

とささやいてきた。

「どうして」

「言葉が丁寧すぎます。わたし、いつも家で、マネージャーのこと報告してますから、意識してるんです。きっと」

「何て」

「それは企業秘密です。家では、わたしのこと、あんたって呼ぶんですよ」

それは式神とも呼ばれる厳格な工場長の娘さんとしてはそぐわないかもしれない。

「僕は、あんた、の方が好きだな。いいじゃないか」

本音である。

「じゃ、これから、わたしのこと、あんたって呼んでもらっていいですか」

「おいおい」

そんな話を続けていると、母親が戻ってきた。買ってきてくれた缶コーヒーを飲んで、病院を出た。三時前になっていた。この時間から宇都宮に行く余裕はないので、事故現場を見るつもりでショールームにタクシーで寄った。

戸部主任もいた。帰りに寄ったのだろう。落ちてきた木箱をデジカメで撮っていた。濱中さんが寄ってきた。

「日比野マネージャー、申し訳ありませんでした。私が不注意だったばっかりに上村さんに怪我をさせてしまいました。下から支えてあげていたらよかったんですが」

「まあ、仕方がない。起きてしまったことだ。これかい」

木箱を指差した。あまり大きくはない。

「どのくらいだろう」

「重さですか。五キロくらいでしょうか」

戸部主任が持ち上げてみせた。軽くはなさそうだ。

「そのくらいだろうな」

蓋を開けてみると、いろいろな種類のドアノブが入っていた。

「ドアノブの入った五キロくらいの木箱が棚から落下してきて……と」

戸部主任が後ろで餅が膨らんだようなぷっくらした手で小さなメモ用紙に窮屈そうに書き込んでいる。報告用に使うのだろう。

「運悪く、箱の角がバランスを崩した上村さんの頭をかするように当たってと……」

戸部主任の方を向きながらいった。

「運悪く、なんて書けませんよ、報告書には。マネージャー」

「任せるよ。ところで、吉原さん」

後ろからのぞきこむように立っている。

「はい」

「この時間だ。もう、来客もないんだろう」

こっくりした。

「今日は早目に上がっていいから、病院へ寄って上村さんの服とバッグを届けてくれないか」

「わかりました。どっちみち、寄るつもりでしたので」

「そうか、済まんが頼むよ」

日比野はショールームを閉める時間まで、ここにいるつもりだった。吉原さんが「お先に失礼します」と声を掛けながら出ていき、報告書用のネタが揃ったらしい戸部主任がまもなく帰っていった。

濱中さんと二人だけになってしまった。

「今日は大変だったね。疲れただろう」

と声を掛けると、濱中さんは背筋を伸ばし、

「本当にご迷惑をお掛けしました。救急車にまで乗っていただいて」

と深々と頭を下げた。

「大丈夫だよ。明日は退院できるそうだから。医者もオーバーだね。赤チン塗って帰せばいいものを」

「でも、頭の怪我ですから、大事を取らないと」

「まあ、嫁入り前だからね。お母さんに怒られていたよ、『あんたはそそっかしい』ってね」

「まあ」

「結構、お転婆なんじゃないか、上村さんは」

「そんなことはありません。ちゃんとしたお嬢さんです」

「今度、出てきたら、直接聞いてみよう。本人に」

濱中さんは、再び、まあ、といって口許を押さえた。そんなやり取りをしているうちに時間になった。

「どうだい、近くで、軽く食事でも」

と戸締まりをしている濱中さんに声を掛けたが、

「せっかくですけど、わたしもこれから病院に寄るつもりですので。又の機会にお願いします」

と断られてしまった。それもそうだ。ショールームを出たところで別れ、日比野も何処にも寄らず、家に帰った。


次の日、出勤していつもの通り、各地区から送られてきたメールをチェックし、回送されてきた通知文を読んだ。経営企画室からのもので、事業展開の一環として、新事業開発プロジェクトを関西工場で立ち上げるとあった。一体、何をやらかす気だろうと考えていると、戸部主任がのそのそとやって来た。

「昨日はお疲れ様でした。労災の報告書まとめてみましたので、見ていただけますか」

と書類を差し出してきた。「災害速報」と記された一枚目には、発生の状況が書き込まれていて、二枚目には写真が二枚、簡単な説明付きで載っていた。問題はないと思ったので「これでいいよ」といいながら返そうとすると、「ここに、判を下さい」といわれた。よくみると、報告者に日比野の名前が書かれている。

「俺が報告者になるの」

「一応、報告者は直属の上司になりますので」

判を押しながら気付いたことがあった。

「関西の式神には連絡しているの」

「はい。工場長には、昨日の夜、うちの部長から」

戸部が去った後、自分の方から連絡すべきだったな、と悔やんだ。そちらの方には頭が回っていなかった。今からでもいいか、と思いながら、受話器を取り上げ、関西工場の釦《ボタン》を押した。

電話に出た相手に、つないでくれるように頼むと、今日は不在になっています、との答が返ってきた。しかも、本社へ出張ですといわれた。本社。こっちへ来るのか。タイミングがよすぎるというか、悪すぎる。取りあえず、総務課へ電話を入れて工場長のこちらでの予定を聞いてみることにした。すると、一時からの会議に出席することになっているとわかった。

(わざわざ、何の会議なんだ。月に一度の役員会だって、出ることなんて、滅多にないのに)と思うと、今日もショールーム回りは無理のような気がしてきた。山本も朝から出かけているらしく、姿が見えないので無駄話の相手もいない。仕方なく、メールを開いて読み直した。

筑波工場の野崎から新しいメールが入っていた。この頃、新製品の開発情報がメルマガ風に時々入って来るようになっていた。住宅設備部品は結構細々したものも多いのだが、そうしたものまで、いつもわかりやすく整理して、送ってきていた。しゃべるのはあまり得意ではなさそうだが、こういうところは、しっかりしていると思う。どうも濱中さんの元相手ということで、ややネガティブなイメージがあったのだが、近頃は見直す気分になっていた。

そのメールの最後に追伸があった。『追伸 日比野マネージャー殿 上村さんが怪我をしたと聞いたのですが、どんな様子ですか？』どうやら、早くも事故のニュースは筑波辺りにも伝わっているようだった。

『皆さんに心配をお掛けしましたが、幸い、大した怪我ではないので、今日、退院する予定です』と返信しておいた。

一人で早飯をしようと、財布をつかんだ時、携帯が鳴った。上村さんからだった。

（マネージャー……）

半べそをかいているような声だった。

（どうした、何か、あったのか）

すこし気持ちがざわついた。

（微熱があって、ここの病院の先生が、もう一日、様子を見た方がいいって、仰ったんです）

（微熱か。少しくらい熱は出るだろうね。他には）

（頭が痛いんです。頭痛じゃなくて、傷口が）

（そりゃ、痛いだろう。立派な箱が頭に当たったんだから）

（マネージャー、人のことだと思って。とにかく、こんな病院にいるの、嫌なんです。退屈で、その上、小学校の給食みたいなの食べさせられるし）

（我慢、我慢。熱も怪我のせいだろう。明日には、退院出来るように掛け合ってあげるよ）

（マネージャー、本当に掛け合って下さいね。約束ですよ）

（了解）

（了解って、何か軽くありませんか、マネージャー）

（大丈夫だよ。約束する）

我ながら、調子に乗せられて退院の保証までしてしまった。二人目の娘が出来たような気分だった。

（それじゃ、今日も見舞に来て下さるのでしょう。待ってますから）

（了解）

（又、軽ぅ〜い。それでは、我慢しながら、マネージャーのこと、本当に待ってますよ）

そう言って電話は切れた。日比野は握り締めていた財布を机の上に置くと、戸部主任に電話を入れた。

（そういうことなので、部長にも報告しておいてくれよ。俺は今日も病院に寄るつもりだけどね）

（わかりました）

電話を切ったが思いなおして総務に掛け直した。工場長の出席する会議が終わったら、連絡をくれるように頼んで外に出た。簡単に蕎麦で済ませて、席に戻ると山本が外から戻って来ていた。

「昼は済ませたのか」

「ああ。お前とこのお嬢さん、怪我したんだってな」

本当に悪いニュースは早い。状況を説明していると席の電話が鳴った。真木総務部長からだった。

（上村さんの退院が一日延びると、報告を受けたのですが、本当でしょうか）

（はい、昼前に本人から電話がありまして、微熱があるので、もう一日様子を見るといわれたそうです）

（そうですか。お手数なんですが、日比野マネージャーから、病院に一度、電話を入れて確認してもらえないでしょうか。神谷工場長が今日、こちらへ出張されてますので、正確に報告しておこうと思います）

（わかりました。こちらから聞いてみます）

といって電話を切った。手帳にメモしておいた病院の番号を探して、電話を入れた。しばらく待たされた後、担当医が出てきて、個人情報だがと前置きがあって、問題はないと思っているが頭の裂傷に伴う発熱なので、慎重を期すためにもう一晩様子を見させてほしいとの話だったので、すぐに総務部長に報告を入れた。

ホッと一息ついていると、

「うちも労災事故なんて、めったにないから、大騒ぎだな」

と山本が声を掛けてきた。

「そうだな。工場ではたまにあるよ。しかし、通達もこれくらいのスピードで周知徹底したら、我が社も大したもんだがな」

「確かに」

「それはそうと、今日、式神がこっちへ来てるらしい。会議と聞いたが」

「なんでも、新しいプロジェクトが発足するらしい。関係者を集めているらしいよ。それ以上のことは俺も聞いていない。多分、例の提携話の絡みじゃないか」

今朝、回っていた通知文を思い出した。

「それにしても、式神までもがな」

「全くだ。大したプロジェクトなんだろうぜ、社運を賭けた」

いずれにしても自分には関係のない話だろう。

「何をやらかす気なんだろうな」

「それはそうと、みるくちゃん、淋しがってるらしいぞ。行っているのか」

「行くわけないだろう。お前といつもセットでしか行かないんだから」

「俺も、パピルスにはとんとご無沙汰だからな。バタバタしてるからな。どうだ、今夜当たり、お嬢さまの全快を祈念して」

日比野もみるくちゃんとあんな関係を持ってから二度ほどしかパピルスには行っていなかったので、少し気になっていた。

三時過ぎに、頼んでおいた総務の担当者から電話が掛かってきた。しかし、会議は終わったのだが、工場長はもう本社を出て帰ってしまわれたという。お急ぎなら、携帯の番号をお教えするので、直接連絡を入れられたらどうかという。冗談じゃない、誰が携帯にまで連絡するものか、と思った。しかし、仕方がない。少し間が抜けるが、退院報告として、明日、関西工場へ電話を入れよう。今晩の約束も出来たので、早目に病院に寄って来ようと思い、山本に目配せをして、会社を出て、タクシーを拾った。

病院に着いてみると駐車場に見覚えのある車と運転手がいた。会社の役員車だった。社長以外の役員が使う車だ。まさかと思いながら病室に上がるとドアの前に竹田総務課長が立っていた。

「日比野マネージャー、お疲れ様です」

そんなに大きな声出すなよ、と思いながら、

「今、工場長は中?」

と聞いた。

「総務部長とお二人、入ってらっしゃいます」

帰りたくなってきたが、そういう訳にもいかない。しばらく竹田課長の横に手持ちぶさたなままで立っていると病室のドアが横にスライドして、真木部長に続いて工場長がやや猫背気味に出てきた。

日比野と目が合ったので、軽く頭を下げたが工場長は黙ったまま日比野の横を過ぎていった。

そして、ふと、振り返った。

「君に迷惑掛けたな。済まない」

「とんでもありません。私の監督不行き届きで申し訳ありません」

と慌てて、後を追おうとした。すると、背を向けながら、もういいという風に左手を振った。

思わず、その場で立ち止まってしまった。廊下の角を曲がっていく二人の背中が見えなくなってから、やっぱり、せめてエレベータまでは見送った方がよかったかなと思いながら、病室のドアを開けた。

「マネージャー」

弾けるような声が飛んできた。

「退屈で死にそうです」

病院で、あまり死にそうなんて言葉は遣わない方がいいんじゃないかなと思いながら、ベッドを半分、起こしてもたれている上村さんに近寄った。

「先程まで、工場長が来られていたんでしょ」

「おじいちゃん？　そうなんです。突然でビックリしちゃいました。丁度、出張で寄ってくれたみたいです」

「よかったじゃないか」

「全然。別に話すことないし。日比野マネージャー、早く来てくれないかな、っていっちゃった」

おいおい、それはまずいだろう。

「熱はどうなの」

「もう大丈夫だと思います」

「上村さんの怪我は、全社的に知れ渡っているみたいだよ」

「やだな、もう会社に出られません」

「筑波の野崎さんからもメールでどんな様子か、問い合わせてきてたよ」

「本当に」

上村さんは少しうれしそうにした。

「そんなところには気が回りそうな奴じゃないのに、珍しいこともある」

「あら、そうですか」

野崎という男は、開発バカみたいなところがあって、どうみても細やかな感情を持ち合わせているようには見えない。家庭人としてはクエスチョンが付きそうだ。その辺りが濱中さんとうまくいかなかった理由かもしれないと勝手に推測していた。

「工場長って、僕らには恐い存在だけど、上村さんには優しいおじいさまなんだろうな」

「そんなことありません。無愛想だし、相手の喜びそうなこと、いわないので。母とも仲が悪いし、小さい時からなるべく近寄らないようにさせられていたみたいです」

なるほど。

「でも、うちの会社、入ったんだよね」

「そうなんです。母にも、おじいちゃんにも内緒で」

「よほど、いい会社に見えたんだね」

「そうでもないです。就活、厳しくて、途中で妥協しちゃいました。最後はおじいちゃんに泣きついたら何とかなるかなって、打算が働きました」

そういうと、上村さんはペロッと舌を出した。

「でも、すんなり通ったと聞いたけど」

「奇蹟ですね。母は大激怒しましたけど。でも、就活の厳しさ、知らない人だから」

「実力だよ」

「就職なんかしないで、嫁に行け、なんて時代遅れのことを喚いてました。相手もいないのに。そういえば、おじいちゃんも、今日、『会社勤めなんか辞めて、早く結婚した方がいいな』とかいってました。やっぱり、仲が悪くても親子なんですね。よく似てます」

「よく似ているから、逆に仲が悪くなるんじゃないの」

「そうか。そうですよね、きっと」

上村さんが納得したようにうなずいていると、ドアが横に開いて、その大激怒の母親が紙バッグを提げて入ってきた。

「部長さん、済みません。毎日、お気遣いいただきまして」

丁寧に頭を下げたので、日比野も下げ返した。

「いえいえ。入院が一日延びたと聞いたものですから」

「お母さん、くららが、来てって頼んだのよ」

「また、ワガママな子で、躾が行き届かなくて申し訳ありません」

と再び、頭を下げようとする。

「そしたら、おじいちゃんまで、ここへ」

途端に、母親の眉がつり上がったような気がした。

「尼崎から、わざわざ？」

「たまたま出張と重なって、それで寄られたようです」

「そうですの。それにしても、くららは部長さんのお話を家でよくしてくれまして」

「ろくな話じゃないでしょう」

「そんなことありませんですよ。楽しいお話ばっかりで。イメージ通りの方でした」

「ね、お母さん、そうでしょう。同期の部長とキャバクラも行かれるんですよね。きっと、モテモテなんでしょうね」

おいおい、どこからそんな話が漏れているんだ。

「まあ」

「お母さん、話がオーバーなんです。上村君は」

「そうよ。くらら、いい加減にしなさい」

にっこり笑うとやっぱり、工場長に似てくる。

「わたし、ジュースでも買ってきます。それともコーヒーの方がよろしいでしょうか」

いえいえと手を振り、それを潮に退散することにした。上村さんの指摘通り、山本と待ち合わせの約束がある。

飛行機が黒い点になって、晴れ上がった空に浮かんでいた。のぞみは新大阪駅に向かって減速を始めていた。窓の左に見える飛行機はみるみる大きくなり、垂直尾翼の青地に白いＡＮＡの文字がはっきり認められるようになってきた。減速を始めたのぞみとは桁違いのスピードで上空を通りすぎていった時、ホームに滑り込んでいた。

押し出されるようにホームに降りて歩きだす。前をハンティング帽を被り、髪を後ろで束ねてアップにした女が歩いていく。細身の黒いパンツにウエストをくびらせた濃いグリーンのＴシャツ。それに黒の高めのパンプス。股に微妙に喰い込むようなパンツ。どうしてあんなにギリギリのサイズを履くのだろう。下手をすればボンレスハム状態だ。女は階段を降りていくが、日比野は並んでエスカレーターで降りた。低い仕切り越しに、女の頭が揺れていたが、それもやがて人の波に消えた。

しかし、そんなことはどうでもよかった。日比野は動揺していた。前の晩に久し振りに山本とパピルスに行った時のことだ。この二、三ヶ月はショールームの移転話や、開発の関係で出歩くことが重なっていた。山本ともすれ違いが多く、一緒に飲みに出ることもなくなっていた。いつものパターンで山本たちは向かいに、みるくちゃんが横に座った。二人で関係を持ってから三回目だった。みるくちゃんがなぜだか大人びて見えた。

「うれしい。日比ちゃん、来てくれて」

屈託のない満面の笑みを浮かべてくれるのだが、日比野は面映ゆい気持ちに占められていた。この沖縄の海を泳いでいる熱帯魚のようなドレスのみるくちゃんと二人で登った愛宕神社の時の彼女が一致しないのだ。もちろん、その後、湯島のホテルで関係を持った彼女とも。トロピカルな姿のみるくちゃんが体を開いて、日比野を迎え入れてくれたとはとても思えないのだ。

日比野はトイレに立った。この店のトイレは奥まったところにあって客席からは見えにくくなっていた。日比野がドアを開けて、出てくると、みるくちゃんがおしぼりを持って立っていた。

「みるくちゃん、今日はサービスいいね。何か、いいことあったの」

みるくちゃんは、
おしぼりを受け取り、手を拭いた。

「二人だけの時は、くるみって呼んでくれるって約束したでしょ」

と日比野の右手の甲を軽くつねりながら、再び、満面の笑みを浮かべた。今夜は笑顔のバーゲンセールだなと苦笑しながら、おしぼりをみるくちゃんに返そうとした。つと、耳元に唇を寄せられて、こうささやかれた。

「くるみ、着床したみたいです」

チャクショウ。その意味を考えるより、吐息がくすぐったく、身をよじりそうになるのが先だった。みるくちゃんは日比野の脇に名前通りの立派なオッパイを押し付けながら、寄り添ってきた。

「チャクショウ」

と日比野はつぶやいた。何のことだろう。

前に、みるくちゃんは胸の上を優しくなぞるようにしながら、日比野の問いにポツリ、ポツリここで勤める経緯を答えてくれた。理系の大学院を出て製薬会社の研究所に勤めていて、二年目ということだった。いろいろ聞いていると日比野の理解できない専門的な言葉が飛び出してきて、パピルスでポアンとしているみるくちゃんと同一人物とはとても思えなかった。その落差が面映ゆい感じになっていたのだが理解できなかった。

「そう。着床したらしいのです。自分で検査した段階なんですけど」

「研究所で、何か新しい実験を任されて、いい結果が出たんだね。それで、今日はニコニコしてるわけだ」

みるくちゃんは日比野から返されたおしぼりをクルクル巻いてトウモロコシのようにしてそれを両手で抱き締めるようにすると、再び、耳元に唇を寄せてきた。

「赤ちゃんが出来たみたいです。日比ちゃんとくるみの」

瞬間、奈落の底へ落ちていくように身体から力が抜けていくのがわかった。そこへ、トイレに来た客がいた。みるくちゃんは日比野の左腕を挟み込み、スキップするように席へ戻ろうとしている。

以前に映画の中で、母親が出ていった父親のことを息子に聞かれて、『あなたが生まれた日に箱が届いたの、責任という名の。それに驚いて出ていったのよ』というシーンがあったことを思い出した。責任をとる気のない男の行動を。「チェンジリング」だったかな、と無理に思い出そうとしていた。突然降りかかってきた目の前の現実から逃れるためであるかのように。

「病院へ行ってきたの」

果たして、現実のことなのかと思う。

「ううん。まだ。妊検の陽性段階だけど」

「にんけん？」

「妊娠検査薬」

世の中には、そういうものがあるらしいということは日比野も知っている。席へ戻ると、密着度を上げるかのようにみるくちゃんは身体を預けてくる。

「おいおい、何かいいことしてきたんじゃないか」

さっそく、山本が向かいの席から冷やかしてくる。

「そうなの？　あやしい、あやしい」

とかすみちゃん。

みるくちゃんはフフと微笑んでいる。トロピカルな沖縄の海から、いきなり、熊本の球磨《くま》川の急流に投げ込まれたような気分だった。しばらくは穏やかな流れには戻れそうになかった。

朝、出社すると、すぐ羽島専務に呼ばれた。部屋に入ると専務は読んでいた新聞から目を上げた。

「やあ、どうだい」

瞬間、どの話題にどう答えたものか迷う。いきなり、どうだい、もないものだ。

「ショールームの労災の件ではご迷惑をお掛けして申し訳ありません。今日は退院できると思いますので」

「怪我したらしいな。しかも、式神の孫娘だ」

と笑いだした。笑うのは不謹慎というか、上村さんに可哀想だと思う。

「実はな、頼みがある」

とデスクに身を乗り出してきた。

「何でしょう」

「今日は何か予定が入っているか」

「宇都宮のショールームへ行こうと思ってますが、どうしても今日じゃないといけない、ということはありません」

「そうか、急で悪いが、これからすぐに関西工場に行ってくれないか。二時からの会議に出席してもらいたい。内容はここに書いてある」

と手元の書類を指差した。近くのコンビニでタバコでも買って来てくれ、というノリのようだった。

「新製品の開発に関することだ」

「わかりました。すぐ出掛けるようにします。しかし、急ですね」

「昨日の今日だからね。式神の一言だ。『明日、やれ』だ。君には、寝耳に水だろうが、これをよく読んで対応してもらいたい」

書類を日比野の前に押しやってきた。専務の赤い判が押され、走り書きで、『←日比野エリアマネージャー』とあった。昨日、工場長がやって来た訳は、これと関係があったのだ。まさか、それが自分に降りかかってくるとは。しかも、鬼門ともいえる関西工場に関わるとは。スーッと暗雲のようなものが身を包んで行くような気配がした。

一礼して、部屋を出ようとすると、

「気にしなくていい。好きにやってくれ。何せ、君は人質を取ってるからな。あの孫は、式神のアキレス腱らしい」

こちらの思惑は見透かされている。しかし、好きなことを言ってくれるもんだ。孫、孫といわれる上村さんも気の毒だ。薄暗い廊下を歩きながら書類を握り締めた。

出張の用意はしていなかったが、日帰りのつもりでかばん一つぶら下げて新幹線に飛び乗った。渡された書類にザーッと目を通した。アメリカの住宅設備メーカーであるロジェスター社と提携をする前提で、製品体系を見直し、必要な製品は改良したり、新たに開発していくためにプロジェクトを発足させるとあって、会議の時間と場所が書かれてあった。この間、回送されてきた文書と大差はなかった。自分に何をさせようとしているのだろうと考えていると、不意にくるみちゃんのことが頭に浮かんだ。

あの日のホテルの情景を思い出した。くるみちゃんのすべすべした大理石のような白く輝く肌に興奮したのは確かだが、スキンはちゃんと装着した。ことが終わって寝物語風にいろいろ話をしてもう一度、二人で風呂に入ってから、再び抱き合った。くるみちゃんは積極的になって上に乗ってきたが、ホテルに備え付けのスキンはもう使ってしまっていた。くるみちゃんは、多分、大丈夫な時期だといいながら大きなオッパイを揺らして翔んだり跳ねたりしていたが、どうやら大丈夫ではなかったようだ。

くるみちゃんはどうするつもりなのだろう。産んでもいいと思っているのだろうか。それとも、とその先を想像すると、堕ろさせるのはかわいそうだと思う。自分のせいで、あのくるみちゃんをそんな残酷な目に遭わせるのは堪らない。目の前が真っ暗になりそうだった。

関西工場は尼崎にある。尼崎駅からバスで二十分くらいかかる。二時には余裕があったが、タクシーに乗った。ほんの半年前に引越しをしただけなのに、ずいぶん懐かしく感じる。光陰、矢の如しかと過ぎていく風景を眺めていると、上村さんのことを思い出した。運転手に断りを入れてタクシーの中からショールームへ電話を掛けた。元気な声が飛び込んできた。

（マネージャー、今、どこにいらっしゃるんですか。ご出張だそうですね）

（これから、関西工場に入るところだよ。退院できたの？）

（はい。お陰さまで、先程、ショールームに戻って来ました。いろいろご心配やら、ご迷惑をお掛けして済みませんでした）

（えっ、大丈夫なの。無理しない方がいいよ）

（大丈夫でぇーす）

（葱坊主みたいなネットはどうしたの）

（フフ。外しましたよ。でも縫われたところが髪がないので、そこは禿げ坊主です）

アハハと笑っている。

（濱中チーフは近くにいるの）

（はい。いらっしゃいます。代わりますか）

濱中さんが出た。

（すこし、テンションが高いみたいだけど、本当に大丈夫なの）

（今日は帰っていいと話したのですけれど、お母さまにも、すぐ職場復帰するようにいわれたらしくて）

やれやれ。あの母親だ。式神のイメージがダブる。

（くれぐれも無理をさせないようにね）

（はい。わかりました。早目に帰らせるようにいたします）

そこで電話を切った。タクシーが正門に着いた。降りると、見覚えのある守衛が二人、敬礼をしてくれた。

「お久しぶりです」

一人が声を掛けてきた。守衛室で会議室の部屋番号を確認して、花壇の作られた前庭を回って、事務棟の入口を開けた。何だか、とても懐かしい気がした。

「いらっしゃい」

とカウンターの奥から大きな声が掛かった。都井工場次長だった。

席から立ち上がって日比野の方へ寄ってきた。

「お久しぶり、といいたいですが、ここを追放されたのは、ほんの半年前なんですよね。懐かしいですか」

「懐かしくなんかないよ」

「敵前逃亡者が舞い戻るって、どんな感じですか」

「何、いってやがる」

「二時からの会議ですか」

「そう。今朝、いきなり尼崎へ行って来いって」

「工場長も出ますよ。やっぱり、免疫力のある人がメンバーに選ばれますね」

「マジかい。式神、居ないじゃないか」

都井の横が工場長の席だ。

「従業員の家族の葬儀に行ってるんですよ。時間までには戻ってきますから。そのつもりで二時からにしてるんじゃないですか。ご心配なく」

「心配なんかしてないよ。今日は他に誰が出るんだろう」

「急な話だったので、よくわかりません。とにかく、わたしは出ないですよ。筑波からも来てますがね」

都井は二つ年下だが、日比野の関西での単身赴任を支えてくれた、いわば、心の友だ。独特の世界観を持っていて、些末なことにはこだわらないし、悩まない。中国風にいえば大人《たいじん》の趣がある。だから、式神の横に毎日、座っていても潰されないし、めげないのである。イソギンチャクの周りを平気で泳ぐクマノミのようなものである。

その都井に見送られて、二階の会議室に上がると、既に三人来ていた。筑波工場の野崎主任もいて、日比野は軽く手を上げて隣に座った。テーブルはコの字形にセットされている。

「君も呼ばれていたのか」

「昨日の夕方、中島さんに突然言われまして。朝、筑波から来るの、大変でした」

十分前になると七人揃った。知っている顔もいれば、そうでない者もいた。二時きっかりに工場長が姿を見せた。席に腰を下ろすと同時に、日比野と同じく本社から来た阪井経営企画室長補佐が立ち上がった。

「皆さん、今日はお忙しいところ、急にお集まりをいただき、ありがとうございました。内容は既に職制を通じて、連絡させていただきましたので、ご理解いただいているものと思いますが、今日、出席の皆さんで新しいプロジェクトを立ち上げることになりました」

と挨拶をして、会議の趣旨を説明した。

そして、

「それでは、神谷工場長からもお言葉をいただきます」

と締めくくった。お言葉、って本当に式神扱いだなと思う。式神はおもむろにうなずいた。

「急に集まってもらったのは、皆も聞いていると思うが、予《かね》てより進めていた、ロジェスターとの業務提携交渉がまとまり、うちから製品を出さなくてはならない。しかし、従来の国内だけの考え方では通用しない。いわば、これからはアメリカという国も相手にすることになる。製品構成の見直しが急務だ。開発も必要だ。アメリカ人の使い勝手も考えてやらなくちゃいかん。安全基準にも対応が必要だ。早急に取り組んでもらいたい。以上だ」

それっきり黙ったままだった。阪井の方から、基本的なロードマップが示され、必要アイテム毎の担当が発表された。そして、アイテムに沿って各担当からスケジュールを出すように指示があった。

日比野の担当は、既存製品と野崎らの新規開発部分との調整役だった。アメリカに向けての安全規格や市場ニーズの調査分析は国際部門の担当になったが、必要に応じて開発へつなぐ役目も日比野に負わされた。意外に仕事量は多そうだ。会議は一時間程で終わった。

日比野は会議室を出る神谷工場長の後を追った。

「工場長」

と呼びかけると、何だという顔で振り向いたが歩みは止めなかった。

「もう、ご報告が上がっているかと思いますが、上村さんが今日、退院してそのまま、ショールームの方へ出てきてくれたようです。元気そうでした」

工場長は微かにうなずいたようだったが、何も言わずに前を向き直して、日比野との間を空けるかのように歩幅を広げていった。日比野がその場に立っていると出席したメンバーが帰り支度をしてぞろぞろ出てきた。

「日比野マネージャー、今日はこれからどうされるんですか」

野崎が声を掛けてきた。

「真っ直ぐ帰るよ」

「じゃ、ご一緒していいですか」

「いいよ。一緒に帰ろう」

「済みません。勝手言いますが出る前に十分ほど工場見てきてもいいですか。なかなか、来られないので」

「いいよ。俺も古巣をのぞいてくるよ」

日比野がいた製品企画センターは工場の倉庫の隅にある。今日の会議のメンバーには誰も入っていなかった。業務的に開発要素の少ないセクションだからだろう。事務棟を出てフォークリフトが出入りしている横を通って、奥へ行くと段々薄暗くなっていく。懐かしさというより、タイムスリップしたような違和感がある。ここに四年半も居たのだが、早、遠い昔のことのようだった。

ドアを開けて中へ入ると日比野の知らない女性社員しかいなかった。目が合ったので、

「センター長は」

と尋ねると、出張とのことだった。

「他の方は」

「工場に出ています」

怪訝な顔をする。

「前田さんは」

女性社員の名を挙げた。

「お辞めになりました」

そうか、そうか、お腹が大きかったんだ。

「失礼ですが」

「日比野です。前にここにいた」

「本社の日比野マネージャーですか。失礼しました。わたし、前田さんの後に入った山原と申します」

と頭を下げた。


事務棟に戻ると都井が寄ってきた。神谷工場長は眼鏡をチョコンと鼻の上に乗せるようにして書類を見ていた。そういう姿は邪気のない好々爺に見える。端の喫煙コーナーに誘われた。

「発破かけられましたか」

「まあ、それなりに」

「もう少し、ウロウロして待ってて下さいよ。古巣でものぞいて」

「もう行ってきたよ」

「どうでした」

「なんていえばいいか、こぢんまりしていたな。女の子しかいなかったせいもあるかな」

「日比野さんから浅見さんに代わって地盤沈下ですよ。元気な前田さんも辞めて、男の子を産みましたしね」

「そうか。何だか、ずいぶん昔のことのようだ、十年前もほんの数ヶ月前でも同じだな。過去はみんな、一緒くたに過去だ」

「悟りましたね。でもそれだけ、今が充実しているってことでしょ。呪縛から解かれたみたいに顔の色がいいですよ」

「よしてくれよ。でも、今のショールームに式神の孫がいるんだぜ」

「知ってますよ。二、三日前に怪我したんでしょ」

「本当に皆、よく知ってるな。でも、今日、退院して、もうショールームに出て来ているらしい」

「今度はベビーシッターですか。日比野さんも大変だ」

「いい子だよ。そう言えば、昨日、入院先の病院で工場長に遭遇したよ」

「それは知らなかったな。出張の帰りに寄られたんですね」

「そう。孫は可愛いもんなんだね」

「意外、といえば失礼になりますかね」

都井は笑った。そこへ野崎が戻ってきた。

「もう少し待ってもらって、近場で軽く」

都井が誘ってきた。

「今日は帰るよ、野崎君と一緒に」

「わかりました。これから又、ちょくちょく来られるようになるんでしょう」

「どうだろう」

日比野が事務所に声を掛けて出ると、都井は守衛所まで送ってくれた。他のメンバーは既に帰ったようだった。

バスで尼崎駅まで出て新大阪駅で新幹線に乗り換えた。ホームの売店で缶ビールとツマミを買った。新大阪始発ののぞみ号に丁度間に合った。陽はまだ落ちていないが、東京に着く頃には真っ暗だ。席に落ち着くなり、缶のプルタブを開けた。

「取りあえず、お疲れさん」

といいながら缶同士を合わせて乾杯した。

「これから、忙しくなるんでしょうね」

「君の方は製品の手直しや開発が出てくるからね」

「どうして提携の話になっちゃったんでしょうね」

「俺もそこのところはよく知らないんだ。それはそうと、上村さんは、今日、退院して、そのままショールームに出てきたそうだよ」

「えっ、大丈夫なんですか」

「四針ほど縫っているけど、元気なもんだ。若いね」

話をしているうちに眠ってしまったようだ。野崎がトイレから戻ってきたらしい席の揺れで目が覚めた。ビールがまだ残っていた。一口飲んで、野崎の方を見るとハンガー式のテーブルに置いていたパソコンを閉じて足下のバッグに仕舞うところだった。日比野が眠っている間に作業をしていたようだ。野崎も下のネットに挟んでいたビールを取り出して飲んだ。

「もう、ないんじゃないか」

「いいえ、自分はあまり強くないんで、チビチビやります」

ふと、思い出したことがあった。聞いていいものかと迷ったが、口に出した。

「失礼なことを聞くかもしれないが、野崎君はうちのショールームの濱中さんと以前、結婚していたんだってね」

「はい。その通りです。僕が至らなかったんです。濱中さんには申し訳ないことをした、と今でも思っています」

悪びれていない。堂々としている。

「そうか。夫婦には、他の人のわからないところがあるからね」

「今でもそうなんですけど、自分は開発バカなんで。結婚してからも、家のことは一切、やりませんでしたし、夜は遅く、休みの日でも会社に行ってたんで。呆れますよね、普通の人は」

野崎は自嘲気味にいうとビールをグッと飲んだ。

「なるほどねって、感心しちゃいけないか。中島の下にいるだけはある」

「中島次長はいい方です。細かいことを言わず、任せてくれます。ありがたいです」

「まあ、君はやりだすとのめり込むタイプなんだろうな。四六時中、そればっかり考えてしまう……」

「そうなんです。二歳、僕が年下だったんで、きっと濱中さんに甘えていたんだと思います。結婚して、休みなんかに二人で出掛けたことなんか、一回もありませんでしたから」

「買い物くらいにはつきあったんだろう」

「いいえ、それもほとんど。自慢にはなりませんけど」

「なるほど」

というしかない。それでは破綻するはずだ。

「君には、サービス精神がない」

「はい。ですから、自分には結婚生活というのは向かないのであります」

いつの間にか、軍隊調になっている。野崎はグッと、残っていたビールを呷った。そこへ車内販売が通り掛かった。

呼び止めて、

「君は何にする」

と野崎の方を向いたら、早、崩れ落ちて眠っていた。アッという間のことだった。仕方なく、日比野だけ、缶チューハイを頼んだ。勝負の早い奴だなと思いながら、プルタブを開けて、一口飲んだ時、揺さぶられるように、不意にくるみちゃんのことを思い出した。不安というか黒雲のようなものが体の底からジワッと湧き上がってくる。今度、じっくり話を聞かなければならない。少し、変わったところのある子だから、何を言い出すかわからないところがある。まさか、産みたいなんては言わないだろう。気の毒には思うし、自分もつらい。身体に負担は掛かるだろうし、メンタルでも大変だろうが、しかし何とかしてくれるだろう。他に選択肢はないと思う。

この妊娠が事実なら、くるみちゃんの親がどう思うだろうか。単に店の客とアルバイトの女の子の関係とはいかなくなる。それを考えると頭が痛くなってきそうだ。それでも、いつの間にか再び眠りに落ち込んでいった。


翌朝、出勤して、メールをチェックした。上村さんからの『ご迷惑をお掛けしました』というメールも入っていた。回ってきていた通知文に目を通した後、会社を出てショールームへ向かった。

上村さんは元気な様子だった。もちろん、葱坊主のようなネットはもう外していたし、頭の傷口の辺りは少し髪が切り取られていたが目立つほどのものではなかった。

「ここなんです」

上村さんは子供が宝物を母親に見せるようにして、うれしそうにまだ赤い傷口を人差し指で指してくれた。

「シャンプーするの大変でした」

「大丈夫でした？」

横から吉原さんが聞いてきた。

「なんとか」

「無理すると、傷口に悪いんじゃないかしら」

と濱中さん。

「母にもいわれたんですけど、二日間、お風呂我慢してたんで、頭どころか全身が痒くなってきそうで、ダメでした」

と大きな口を開けて笑いだした。

日比野は、ショールームの空気が元に戻ったなと感じた。あのピリピリとした刺すような雰囲気はなくなっていた。

少し胸を撫で下ろしたい気分になった。雨降って地固まる、と譬《たと》えるのは乱暴かもしれないが悪い流れではない。ショールームの中はいつにも増して、キビキビしているような気がする。

昼近くになって、

「よし、お昼は皆で退院祝いのランチにしようか」

と日比野は調子よくぶち上げた。

「ブーッ」

と笑いながらダメ出しの声を上げたのは、上村さんだった。

「何、今のブーイングは」

「だって、わたしたち、いつもお弁当なので、前もっていっていただかないと。ねぇっ」

と吉原さんと顔を見合わせた。

「そうか。じゃ、今度にするか。なるべく早目に」

「でも、せっかくのお誘いなので、どうしようかな」

と上村さんは悪戯っぽい表情を浮かべた。

「上村さん、意地悪はそれくらいにしなさい」

と分厚い商品カタログを広げていた濱中さんが、顔を上げてこれも笑いながらたしなめるようにいった。

「何か、魂胆があるのかい」

「実は、わたしたち、今日のお昼は外で、って昨日に約束ができていたので、お弁当はありません」

「それに、マネージャーは昨日、尼崎へご出張だったので、今日は多分、こちらへと」

と吉原さん。

「すっかり、読まれてましたね、マネージャー」

これは濱中さん。

「参ったな。そういうことだったのか。飛んで火に入る夏の虫ってやつだな」

皆、笑いだした。

「それはそれでいいが、よく考えたら、全員抜け出しちゃっていいのかな、ここを」

「それもご心配なく、です」

「というと」

「万事、濱中チーフが手を打って下さいました」

「そうなの？　濱中さん」

「はい、午後から、城東営業所の熊田さんがお客様をご案内されるんですけど、ここへ早目に来てもらうよう頼みました。もう、見えるはずですけれど」

「留守番なんか、頼んで大丈夫かい」

「昼休みはお客さんもありませんし、それに熊田主任には、いつも無理難題押し付けられて、一杯、貸しがありますので」

「なるほど。手回しがいいね」

感心していると、内ポケットの携帯が鳴った。

「ちょっと、ごめん」

といって、（もしもし）といいながら、一階に降りた。くるみちゃんからだった。少し嫌な予感が走った。

（日比ちゃん、ごめんね。くるみです。今、大丈夫？）

（少しの時間なら）

一階玄関の方へ寄っていくと自動ドアが開いたので、そのまま外に出て、植え込みの陰に入った。

（今晩、時間、ありませんか。話したいことがあって。お店の方もバイトの日じゃないので）

声はいつものおっとりした調子だったが、日比野はいよいよ来たかと思った。もし、妊娠が事実なら、その話だろうと推測した。

(今日はダメだよ。予定があるから)

取りあえずは外しておかないと、と考えた。

(そうですか。土曜日はお休みですか)

(……土曜なら。いいよ)

逃げ回るわけにもいかない。待ち合わせの場所と時間を確認して電話を切った。胴震いがするようで、まるで戦場へ向かう武者のような気分だった。土曜日まではまだ時間がある。心の整理が必要だ。

二階へ戻ると熊田主任が、部下を一人連れて来ていた。

「悪いね。熊ちゃん」

「大丈夫です。任せて下さい」

「昼は済ませたの」

「早飯にしましたから。ゆっくり行ってきて下さい」

四人で通りへ出てから、

「どこへ行くか、決めているの」

と聞いた。

「鶏は大丈夫ですか」

「もちろん」

「それじゃ、焼きとり丼のランチでどうでしょうか。名古屋コーチンの炭火焼き。この先です」

「いいね。上村さんの退院祝いだから、任せます」

「退院祝いなんて、オーバーですね。却って、皆さんに迷惑掛けたのに」

「気にしない。気にしない」

「そうですよ。これは口実で、たまには皆で一緒にお昼したかったんですよね」

と濱中さんが他の二人にうなずいてみせた。上村さんの怪我をきっかけに、どうやら、本当にわだかまりは消えているようだ。

備長炭で焼かれた名古屋コーチンの丼は確かに香ばしくておいしかったが、今一つ、胸につかえたようなものがあった。くるみちゃんのことだ。

「マネージャー、お口に合いませんか」

すかさず、上村さんが見てとった。

「いやぁ、マジで美味しいよ」

と日比野は味噌汁を一口すすった。

「実はね、昨日の出張のことをチラッと思い出してね」

と切り返した。

ついでだと思い、ザッと掻い摘まんで前日の会議の内容を説明した。もちろん、会議メンバーに筑波工場の野崎主任が入っていることは伏せておいた。せっかく収まりかけた波を再びざわつかせることはない。

「それで、ショールームの移転も決まったし、これから、いろいろ大変になりそうだ。皆にも助けてもらわなくてはいけないので、よろしく頼みます」

「はいっ」

周りの客が驚くほど、大きな声で三人が声を揃えた。


「赤ちゃん、産んでいいですか」

日比野はくるみちゃんの顔をまともに見られなかった。そう、おろおろして、言葉なぞ返せなかったのだ。

くるみちゃんに呼び出されたスターバックスの店は夕方で結構混んでいる。隣の席にもカップルがいる。二人の会話を聞こうと思えば聞こえる近さだ。いい話題ではない。周りから見れば、自分とくるみちゃんの組合せも変だろう。自分でも思う。

「産みたいんです。日比ちゃんとくるみの赤ちゃんを。いいでしょう」

いいともいえないし、だめだともいえない。くるみちゃんの青味がかった澄んだ瞳を目の前に突き付けられると何にもいえなくなった。

凄い恫喝力だな、と妙なところで感心する。この力に打ち克つには並大抵のことでは無理と悟ったが、それでは事態は解決しない。気分は完全にギブアップなのだ。美雪より四歳下の女の子を孕ませてしまったのだ。娘を孕ませたようなものだ。

「産婦人科には行ったの」

くるみちゃんはこっくりした。

「一人で？」

「ううん。母と一緒に」

何てことだ。

「十七週目に入っているって。三ヶ月から、四ヶ月の間ってこと」

「そうか」

ため息が出そうだった。過去をなかったことにできる消しゴムがあるなら、百万円出してもいい。あのデートをした日より前に戻れる乗り物に乗れるなら、悪魔に魂を売ってもいい。

「日比ちゃん、目が泳いでる。ビックリした？　それとも、興奮してる？」

興奮なんか、していろわけがない。ただ動揺して、困惑しているだけだ。

「お母さんは何て」

「相手、誰って」

当然の質問だ。

「で、何て」

「くるみの大好きな人って」

それは光栄だが、ますます気が重くなってくる。

「そしたら、良かったねって言ってくれた。くるみ、すっごくうれしかった」

くるみちゃんも多少変わっているが、家族も変わっているのではないか。結婚もしていない娘の妊娠、くるみちゃん風にいえば、着床を知らされてのリアクションはこうなのか。

「お父さんは知っているよね、もう」

会ったことはないが、怒り狂った阿修羅か、仁王のような顔が浮かぶ。

「さあ、もしかしたら母から話してるんじゃないかしら」

これが、もしも娘の美雪なら、

『この、ふしだら者っ』

とビンタの一つも喰らわしてやりそうだが、くるみちゃんの頬にはそれらしい痕もない。

「産む、といっても会社の方も大変だろうね。仕事、辞めるつもり？」

「いいえ。産休もあるし、一年間の育休も取れると聞いてます」

「それはそうなんだろうけど、くるみは未婚だからなあ」

「会社の規程では、どうしても結婚していないといけないことはないそうなんです」

やれやれ、開放的で進歩的な会社に入っているもんだ。こういうのをブラックの対極にあるホワイト企業というのだろうかと、バカなことを考えた。

「日比ちゃんと奥様抜きで結婚できると、ベストなんだけど、いろいろ差し障りがあるでしょう。だから、それは考えていないけど」

差し障りがありすぎる。

とはいえ、産むという決意は梃子どころか、大型重機をもってしても覆し難い大きな岩山のようだ。

隠し子を作ることになるのか。芸能人の苦労がわかるような気がする。史恵になんといえばいいのだ。家を出て行くというかもしれない。養育費も出さないといけないだろう。会社にだって体裁が悪い。隠しても、いずれはバレる。皆に何て説明というか、弁解すればいいのだろう。深入りしない方がいい、といった山本の顔が浮かぶ。元はといえば、あいつがパピルスなんかに自分を連れていくからだ。

不意に、苦虫を噛み潰したような神谷工場長の顔が浮かんだ。いい年をして、下半身に人格のない奴だ、と思われてしまうだろう。

「ねえ、何考えてるの、日比ちゃん」

「かすみちゃんは知ってるの」

「まだ言っていない。知られたら、お店、辞めさせられそうだし」

お腹が大きくなっても勤めようというのか。

「いつまでも、は無理でしょう」

「後、一ヶ月くらいはね」

いずれはかすみちゃんの知るところとなり、山本にも即、伝わるはずだ。

「どうしても、産むんだね」

「もちろん」

澄みきった秋空のように明快である。

「ねっ、いいこと、考えました」

とんでもないことを言うのではないかとヒヤヒヤしてくる。

「何？」

くるみちゃんは幸せそうにお腹を撫でる仕草をした。

「ほら、二人で行ったの、愛宕神社でしたっけ」

「そうだよ」

「お礼参りに行かなくちゃ。あの時、日比ちゃんともっと親しくなれますように、ってお願いしていたの。すごい御利益《ごりやく》」

愛宕神社は何の神様か、よくわからないが、日比野には御利益というより、娘みたいな若い子と遊んだことへの天罰のように思えてくる。

確か、あの時、何をお祈りしたのって聞いたような気がする。秘密、とくるみちゃんは答えていたはずだ。

「今度のお休みに行きませんか。くるみ、エッチももっとしたいし」

おいおい、身重ではまずいだろう。

くるみちゃんの天然というか、あっけらかんとした天真爛漫ぶりに日比野はなす術がないと思った。やっと、半年前に虎の穴を抜けてきたばかりだというのに、とんでもない落とし穴にはまってしまったみたいだ。しかも、今度はさらに手強い。日比野の人生を左右する。神谷工場長の酷《きび》しさなど、何ほどでもないように思えてくるから不思議だ。

「どうして、僕みたいな年輩の小父さんに興味を持つの」

どうして好きになるんだと聞くほどの自信はなかった。

「あら、いけませんか」

くるみちゃんはあっけらかんとして、不思議そうに日比野を見る。いつの間にか、テーブルに乗せた腕が伸びてきて、手をしっかり握り締めてくる。

「それとも、くるみのことがそれほど、好きじゃないってことですか」

青み勝ちの目で睨むように見つめてくる。

「いや、そうでもないが」

思わずたじろがされてしまうような真剣さがそこにはあった。

「同じ時代に生まれ合わせて、同じ空気を吸うってことは、偶然の十乗倍。宇宙の時間から見ればほぼ奇跡なんです。三、四十の年の差なんて、誤差にもならないんじゃないですか。くるみは時間を簡単にジャンプしちゃいます」

と理系女子らしく、日比野の言い分など歯牙にもかけない様子で迫ってくる。

「そういうものなの?」

「そうです。それに、次にいつの時代に会えるかもわからないのに」

確かにそうかもしれない。妙に説得力がある。

「でも、生物学的には、まず二度とは会えないでしょう。生まれ変わるという論理が成り立たないもの」

こういう時のくるみちゃんの目は学者先生のように見える。

「生まれ変わるということはあり得ないわけか」

人間は死んでもいつかは再びこの世に出てこれるという輪廻転生を日比野は漠然と信じている。誰でもそうなのではないのだろうか。

「やっぱり、くるみのこと、あまり好きではないのかなあ?」

と日比野を再び懐疑的な目でじっと見つめてくる。

そんなことはない。日比野は首を大きく左右に振った。会うたびに、子供と大人が同居しているようなこの子の不思議な魅力にはまっていく自分を意識していた。小さくあごの尖り気味な顔の形も嫌いではない。

正直、若いということもあるし、それに何といっても理屈抜きで日比野を慕ってくれるのもうれしい。真剣なまなざしを見ているうちに、墜ちた、と思った。いや、墜とされたと思った。甘美な罠にはまったような気もした。

すこし、覚悟をしなければならない。子供を産むのはどうやら本気のようだ。動かせない決心らしい。そういうオーラが、湖の岸に向けて決して大きくはないが着実に寄せる波のように日比野に迫って来るのを感じないわけにはいかなかった。

しかし、今さら、史恵と別れることはできない。向こうが別れたいというなら、話は別だが、どちらかを選ぶなどという芸当は自分には到底、無理だ。

「だから、じゅうこんして下さい」

日比野の頭の底を見透かしたようにいってくる。

「……何」

「だから、じゅうこん。日比ちゃんがくるみとも結婚するってこと」

重婚のことか。

「イスラムじゃないんだから、それは無理だろう」

「でも、奥様と別れる気はないでしょう。くるみだって、そんなこと、望んでないし」

確かに、念を押されるまでもなく、それはそうなのだが、だからといって、くるみちゃんの方とも結婚はできない。役所に行ったらど突かれる話だ。日本では犯罪行為になる。

「もう、くるみは日比ちゃんと離れる気、しないの」

どうも追い詰められている。

「この赤ちゃんだって、お母さんが愛人ってことになると嫌だよね」

とお腹をさするように撫でながら、くるみちゃんはしっかり母親になっている。

返答に窮してくる。こういうのを不徳のいたすところ、なんていうのだろうか、などとのんきに考えている場合ではないと思うが、袋小路に入ったような気分になってきた。

「どうしたの。黙りこくちゃって、日比ちゃん。愛人は嫌ですよ。妻にして下さい、くるみのこと」

不意に、上村さんの顔が浮かんだ。こんなこと、実際には相談できないが、もし、したらどういうだろう。

屈託のない顔で、くるみちゃんとも結婚しちゃえば、といわれそうな気がする。

「婚姻届は出さなくていいからね。そうすると、将来、日比ちゃんが浮気するとかして何かあっても、離婚届出さなくてもいいから、手間が省けるし」

「そういう問題ではないけどね」

婚姻届なんか、出せるわけがない。

「だから、くるみのこと、愛人扱いしないでね。くるみはもう日比ちゃんの配偶者になったんだからね」

勝手に決めて、どんどん事態を前へ進行させていく。

天地がひっくり返っても、史恵には絶対に告白できることではない。もし、ばれたら、なんていえばいいのだろう。別れるというかもしれない。淳也や美雪たちも呆れるだろう。まったく、不徳の致すところである。

「ねえ、本当にお礼参りに行きませんか」

再び、持ちかけてきた。

「お礼参りねえ。どこへだっけ」

土曜のスターバックスの店内は、ますます客が溢れている。先程から際どい話題が続いているので、周りの人たちが耳を澄まして二人の会話を聞いているのではないかと思うと、気が気ではない。

史恵には、同窓会で会った昔の連中と日を改めて飲み直す約束になっていたからと、ごまかして家を出てきていた。そういえば、くるみちゃんと初めて二人っきりで会った時に同窓会のせいにして家を出てきていたのだ。いつまでも、同窓会をだしにはできない。勘のいい史恵のことだ。そのうち、気付くに違いない、いや、もうおかしいと疑惑の目を向け始めているかもしれないと思うとますます落ち着かない気分になってくる。

「どこへって。とぼけちゃって。だから、愛宕神社に決まってるっしょ」

どこで、そんな北海道弁を覚えてきたんだ。

「やっぱり、どうしても愛宕神社ねえ。そんな身重で、あの坂、登れないよ」

夏の終わりにフウフウいいながら階段を登ったのを思い出した。あの登りのキツさを思うと二度と行きたいとは思わない。

「大丈夫です。くるみはあそこの神様にお願いしたんです。日比ちゃんと退《の》っ引《ぴ》きならない関係になれますようにって」

と手を合わせた。それはさっきも聞いている。

しかし、そういうことなら、くるみちゃんには満願成就ってことだろうか。

「なるほど。お礼参り」

しかし、やはり、日比野としては決してお礼をしたい気分にはなれない。それにしても、周りはこの奇妙な二人連れの会話にますます耳をそばだてているのではないだろうか。早く、このスタバの店を出たくなってきた。コーヒーカップの載ったトレーを持ち上げた。

　店の外に出るとくるみちゃんは当然のように腕を絡めてきた。二番目の妻になったという自覚からだろうか。会社からは離れている所だが、誰に見られないとも限らないし、それにいい年をした親父が娘のような女の子と腕を組んで歩いていると見られそうで気恥ずかしかった。それにくるみちゃんのオッパイはワンピースの上からでも格別に大きく見えて、すれ違う人にはいやでも目に入る。

「これから、行きませんか」

とさらに腕をしっかり絡めてくる。

「今日は、日がよくないんじゃないか」

　もう夜になっている。

「よくないって？」

と顔を向けてくる。

「そういうことは明るい昼間の大安吉日にするもんだ」

「大安。だって、ああいうのは、神社と関係ないんじゃないですか。仏滅って、釈迦の亡くなったことだから。悪い日って本気で信じてますか」

と不思議そうに見る。その理屈からすると、愛宕神社の神を信奉するのも怪しいことになるのだが、それは口には出さないことにした。

　その時、くるみちゃんは日比野を引っ張るようにして車道に寄っていき、手を上げた。タクシーが止まった。くるみちゃんは布団を押入れに放り込むように日比野を座席の奥に押し込み、自分も乗り込んできた。やっぱり行くんだ、お礼参りに、と日比野は思った。

「どちらまで」

と中年というより老人に近い運転手が聞いてきた。

「ホテルまでお願いします」

「どこのホテルですか」

「ええと……この前のところでいい？　日比ちゃん、元へ、旦那様。いや、ダーリンにしようかな」

元へ、はいい。ホテルへ行くのか。運転手は黙っている。本気なのか。

「運転手さん、どこか、いいところ、知ってますか」

日比野が黙っているので、くるみちゃんは焦れて聞いている。

「渋谷ですかね。そういうホテルでいいんですね」

念を押してくる。そういうホテルとは、どういうホテルなんだ。くるみちゃんが返事すると、タクシーは勢いよく発車した。

「運転手さん、私たち、結婚してるんですよ。夫婦に見えますか」

おいおい。それにしても、今日のくるみちゃんは饒舌だ。助手席の方に身を乗り出すようにしている。

「そうなんですかい。夫婦には見えないね。どう見ても、親子だね」

「そうですよね。よく言われます」

と笑い出した。それにしても今日のくるみちゃんはパピルスのみるくちゃんとは違う。別人のようだ。本当に結婚したと思い込んでいるようで、腹が据わってきたというのか、主婦のような落ち着きさえ見せている。

二十分ほどで渋谷のホテル街の入口に着いてタクシーを降りた。「空室」のサインの点っているホテルもある。

「日比ちゃん、どこにします？」

「妊娠しているのなら、あまりよくないんじゃない」

日比野は回れ右をして帰りたくなっている。

「臨月でなければ、大丈夫だそうです」

どこで、そんな知識を仕入れてきたんだ。

「いやあ、やっぱり、まずいよ。そういうことは」

「ここにしませんか」

とくるみちゃんは、意に介する素振りも見せず、派手なイルミネーションの中では、比較的地味そうなホテルの入口を指差した。こうなれば、腹をくくるしかないか。少し階段を上がった中二階のようなところにロビーがあり、大きなパネルがあって空室がわかるようになっていた。

日比野は又もや、迷宮に入り込んだような気がした。この前もそんな思いに駆られた。こういう空間は非日常の世界だと思っていた。ただ、この前と違うところは非日常中の行為で、どうやら子供を宿したかもしれないくるみちゃんがそばにしっかり腕を絡めて立っていることだった。しかも、本人の言を借りれば、妻という立場になっているということだ。只の愛人に子供が出来たと狼狽えているレベルの話ではない。向こうは第二夫人になりきっているのだ。とんでもない世界に引き摺り込まれたような戦慄を覚えた。

「ねえ」

とくるみちゃんに脇腹を小突かれていた。

「どれにするって聞いているのに、日比ちゃんたら」

ハッと我に返った。茫然としていたのかもしれない。

「だから、空いてるのが三室しかないの。どれにするって聞いているのに」

今度は腕をつねられた。なるほど、画面の多くは暗くなっていた。明るく点灯している部屋を選ぶしかないようだった。土曜日は結構、混んでいるんだと思いながら、目を瞑るようにして、一番下の部屋の釦を押した。部屋のカードを受け取って、エレベータで上がった。

部屋は明るいパステル調だがそれほど派手さはなくシティホテルの雰囲気とあまり変わらない。ただ、ベッドはゆったり目のダブルサイズになっている。くるみちゃんとホテルへ入るのは二度目だが、やはり、この前はいきなりホテルということで、ドギマギしていたのかもしれない。こんなにじっくり部屋を観察した覚えがない。露天風呂に入って外の喧騒を聞いていたことくらいしか思い出せない。くるみちゃんは持っていた淡いピンク色のバッグをベッドに置くとテレビのスイッチを入れた。リモコンを日比野に預けると、「お風呂の支度するね」とバスルームに向かった。

二人して外出先から、自宅に戻り、いつもの生活パターンを取り戻し始めているような錯覚を起こしそうだった。チャンネルを替えていると、くるみちゃんがバスルームから出てきて、一人掛けのソファを日比野の横に引き寄せて座った。日比野の顔を見ながら、ウフフと笑う。

「どうしたの」

「だって、こうやっていると、お家にいるようなアットホームな感じなんだもん」

そう言いながら、ベッドの上のバッグを引き寄せた。

「大きなバッグだけど、何が入ってるの？」

バッグの中をのぞきこんでいる。

「お腹、空いてませんか」

昼が遅かったたし、くるみちゃんとの話の流れでとても物を口に入れる気分にはなれなかった。中から出してきたのは紙袋だったが、それを開けると生クリームをつめたコロネが現れた。チョコレート入りもある。

「二人分食べないといけないので、この頃は非常食を持ち歩いているの。ねえ、一つ食べて下さい」

と生クリームの方をつまみ上げて、日比野の方へ突きだした。

「はい、お口、開けて下さい」

パンが日比野の口に押し込まれた。噛みしめるとフワッとした食感と上品な甘味のクリームが口の中にジワッと広がっていく。

その時、不意に、電流のようなものが体を震わせ、この小里くるみという女は本気で自分の妻になり、子供を産む決心をしているのだと伝わってきた。くるみちゃんは身を乗り出すようにして、日比野の唇の端を舐めるように舌を使った。それから、ふふ、と言いながら立ち上がるとバスルームに行き、「お風呂の用意、できました」と声を掛けてきた。

「よかったら、君からどうぞ。髪、乾かすのに時間かかるでしょう」

「この前みたいに、一緒に入りませんか、結構、広いし」

「そうだね」

何だか、覚悟が付いたような気がした。二人で湯舟に浸かってみると、それほどでもないが、しかし、確かにポッコリした柔らかな膨らみが下腹部に見てとれた。

「撫でてあげて下さい」

誘われるままに手を伸ばすとマシュマロのような白く優しい弾力に触れられた。

「パパですよ」

「もう動くの？」

「まだでぇーす。そのうち。楽しみでちゅね」

風呂の中で上気したくるみちゃんの顔や白い大理石のような身体がほんのり桜色に染まっていく。まあ、開き直ってしまえば悪くない光景だと思う。いわゆる一つの至福の時が過ぎていくのかもしれない。

先にバスルームを出て、ベッドに仰向けになって天井を見つめる。非日常と心の中で叫んでいた前回とは違い、絶対に遭遇するはずの修羅場をいろいろ思い浮かべていた。いい年をして、と笑われて済むくらいなら楽勝だが、そうはいかないだろう。こういう形での人生の展開もあるのだと思うことにした。観念したのである。

「寝ちゃ、だめ」と身体を揺すぶられたところをみると、うたた寝をしていたのかもしれない。くるみちゃんがバスタオルを外して、横に寝そべってきた。いつもの子供っぽさが消えて、大人の雰囲気を漂わせている。

「待ちくたびれた、かな?」

「ごめんなさい」

と顔を寄せてきたので、そのまま唇を吸うように合わせた。白い裸身にそろそろと左手を這わせていった。くすぐったいのか、少し身体をよじったが、回した腕には力を込めてきた。豊かな胸を唇と手で玩《もてあそ》びながら、少しずつ下腹部へ近づいていく。やがて、身体を割って間に入る。

「静かに入ってきてね。いくらパパでも、突きすぎると赤ちゃんがびっくりして、脳震盪起こすかもしれないから」

くるみちゃんが笑いながらいうのを唇で塞いだ。


ショールーム移転の会議が開かれた。竹田総務課長から、今の本社ビルの一階部分をほとんど使ってレイアウトした仮プランが示された。広さは今より二割ほど狭くなる。

「このプランでは問題があります。先ず、見ていただいた通り、二十パーセントほど狭くなります。ですから、今のショールームをそっくり移すことは難しいと思います。特にエクステリアの部分は全く移せません」

スクリーンに映し出されていた仮プランの大枠のレイアウトが今のショールームの雑然とした庭の写真に切り替えられた。それはわかっていたことだった。説明は続く。

「又、今回、業務提携することになりましたロジェスター社の製品の取扱いです」

スクリーン一杯に製品が映し出された。「そこでだ」と身を乗り出すようにして、宮原常務が話に割って入ってきた。

「この際、ショールームのイメージを一新しようと思う。いわば、ここを旗艦店舗にして、全国展開する。これが取締役会の意向だ。社長も大いに期待しておられる。いいね、日比野君」

いきなり、名指しされた。やむなく、はい、と返事したものの、寝耳に水の話だった。山本のいう通り、宮原常務は今回の提携の立役者であり、いわば羽島専務から全権を委譲された前線部隊長だ。入れ込みも相当のようだ。

総務課長が続けた。

「ロジェスターの製品もコラボさせて、只今、常務が仰られましたように斬新な内容にしたいと思います」

ロジェスターの製品が次々に映し出された。

「移転に関しまして、ハード的なことは総務でやりますので、ソフトというか、中身については、日比野マネージャーが中心で取りまとめをお願いします」

「そういうことだ、日比野君。まあ、君自身のセンスはほとんど期待してないが、知恵を集めていいものをな」

と宮原常務からニヤニヤしながらいわれた。やれやれ、とんでもない役目を負わされることになりそうだと思った。

一新とか、斬新とか言われても、正直、常務に指摘された通り、あまり日比野の得意とする分野ではない。公私共に厄難に見舞われそうな気分になってきた。次回に、スケジュールを総務から、具体的なショールームのイメージを日比野の方から発表させられることになって、会議は終わった。始まる前は結構、手伝わなければいけないだろうな、というイメージで臨んだのだが、今や一方の中心人物に納められてしまった。

会議室を出ようとすると、総務課長が寄ってきた。

「日比野マネージャー、よろしくお願いしますね」

と頭を下げてきた。後ろに労災事故で世話になった戸部がニコニコしながら立っていた。

「大役ですね、マネージャー」

「君がなぜ、ここにいるんだい？」

「課長のお手伝いですよ。実務は課長だけではカバーしきれませんので、僕は総務としてのバックアップをやります」

「そういうことか。しかし、俺がどうして、こういうことになるんだろうね」

「やっぱり、日比野マネージャーだからじゃないですか。宮原常務、力、入ってましたね。その上には羽島専務もおられるし」

と何やら含みのある言い方をした。動作はもさもさしているが、応援に駆り出されるくらいだから、戸部という男は意外に使えるのかもしれない、という思いが脳裏を掠めた。

席に戻ると、ロジェスターの分厚い英文のカタログが届いており、その上に商品説明会の案内が載っていた。カタログをパラパラとめくってみた。会議の席で見た画面でも感じたことだが、なにか、ここの商品には違和感がある。小型飛行機の前に立つ金髪モデルの横に収納庫があったり、騎乗姿の栗色の髪のモデルの足許に真っ白いダイニングテーブルが配置されている。これがアメリカ風なのか、それとも、この会社の独特のセンスなのか。

更にページをめくると、青空をバックにヨットの上に水着姿の黒髪のモデルが艶然と微笑み、水際には唐草模様のゲートを配している。商品を一緒に載せてなければ、どこかの航空会社の美女カレンダーと変わらない。ライフスタイルの違いもあるのだろう。しかし、これをうちの製品とコラボさせろとはなあ。野崎の手掛けている、ステップレスの商品と組み合わせなければならないのか。思わず、唸ってしまいそうだった。

さすがに、カタログの後半は製品がジャンル毎に細かく紹介されていた。唐草模様のゲートもちゃんとエクステリアのコーナーにあった。バッキンガム宮殿に売り込む訳ではあるまいに、こんな門扉が似合う豪邸が日本にどれだけあるのだろう、と思いながらカタログを閉じた。

見渡すと山本はいない。確か、東北へ出張のはずだった。周辺のショールームに顔を出せていない。出張やら労災で飛び回っていて時間が取れなくなっているのだが、こんな時間からはどこにも出掛けられない。前の週の尼崎出張の議事録がメールで届いていたのでプリントした。出席者の中に野崎の名前があるのを見て、帰りの新幹線での会話を思い出した。あのオタク振りでは濱中さんに愛想を尽かされるのも仕方のないことかもしれないと思うものの、何だか憎めない愛敬のようなものもある。しかし、ロジェスターの商品も含めて、商品構成を見直し、必要な物は開発しろというのは結構、荷の重いことだ。ショールームのレイアウトとも絡んでくる。今の開発部隊は、どちらかというとデザイン優先で、機能が二の次になっているアメリカとか海外で勝負するには、なにかが欠けているかもしれない。やはり、日比野や野崎だけのセンスでは無理があるな、などと考えていると、戸部がやって来た。封筒を持っている。

「なに？　又、常務からの指令かい」

「違いますよ。健康診断の案内を配ってるんです」

と封筒を差し出された。

「ショールームの人たちは総務所属なので、別に案内を出していますから、日比野マネージャーの分だけです。以前、こちらにおられましたから、やり方はご存じですよね」

「指定された病院で受ければいいんだよね」

「生活習慣病健診として、事前に予約を入れて下さい。検便と検尿の容器も入ってますから、一ヶ月以内にお願いします。関西工場では、何か、検査で引っ掛かってました？」

「関西工場では、検診車が工場まで来てくれるので、面倒臭くなくてよかったがね。そうだな、慢性胃炎と、肝臓の数値が少々。都井次長のせいだな」

「アルコール性ですか。まあ、年相応ですね」

「そういえば、心電図でも何かいわれていたな。精密検査を受けろとか」

「そういうのは、面倒臭がらずに受けておいた方がいいですよ。まあ、今年も引っ掛かるかもしれませんが」

「オレは心臓に毛が生えている」

「関西工場から、奇蹟の生還を果たされてますからね」

史恵のようなことをいう。

「それ、誉め言葉かい？」

「もちろんです」

というやりとりがあって、戸部は他の部署にも配りにいく分があるからといって出ていった。

案内を封筒から出して、一通り読んでから引出しに仕舞った。それからは書類を整理して、ファイルしながら午後を過ごして六時を回った頃にさっさと切り上げた。久々に真っ直ぐ帰宅した。


家では、ソファで史恵が子猫をあやしながらテレビを視ていた。

「あら、お珍しいこと。こんな時間にご帰館遊ばすなんて。体調でもすぐれないのかしらね」

「体調は悪くない」

着ているものを脱ぎ始める。

「鬼の霍乱《かくらん》かと思っちゃうわよ。悪いけど、まだ、何も用意してないけど、適当に作ろうかしらね」

「ツマミ程度でいいよ」

よく考えると、この頃は、外での付き合いも多く、体重もなかなか減らないので、家で食事を摂る時はなるべく控えるようにしている。史恵も一人の時は、お気に入りのクッキーか、チョコレートでラム酒をチビチビやって済ますことも多いらしい。スーツをしまい、ジャージに着替えて、冷蔵庫から缶ビールを出して、どっかとソファに沈みこんだ。子猫があわてて逃げていった。

「美雪がいってたわよ」

アーモンドの入ったガラスの小さな器を日比野の前に置きながら史恵がいった。

「お父さん、最近、変じゃないかって」

内心、ギクッとした。

「変じゃないかって、たまにしか家に寄り付かないあいつがどうして、そんなこと」

「どうしてって、本人がそう言っているんだもの」

娘のせいにしているが、史恵自身がそう感じているのかもしれない。あまり、迂闊には乗れない。缶ビールのプルタブをゆっくり押し上げる。

「この間の同窓会仲間の飲み直し会だって、怪しいもんだわ。土曜日は遅かったんでしょう」

これが本音かもしれない。確かにあの日は夜中の二時頃に戻った。たまたま、美雪が帰ってきていて、ソファに横になって深夜放送を視ていた。くるみちゃんと会ってきた後だけに、「おっ、帰っていたのか」と瞬間、目を合わせただけで、そのまま、部屋に入り、寝てしまった。それが不自然で疑われる元になったのかもしれない。しかし、母娘でいつ、情報交換しているのだろう。史恵は土曜日の朝から仲間と泊まりがけのバス旅行に行っていたし、翌朝、起きた時にはもう美雪はいなかった。

史恵はキッチンで何か、包丁を使っている。

「そんなことより、あいつは誰か、彼氏みたいなのいないのかね」

話題を逸らすつもりだ。

「さあ」

小皿の上に載せて持ってきたのは、いたわさだった。日比野の好物である。テーブルの上に置くとひょいと史恵も一つ摘まんだ。

「二十をとっくに過ぎたんじゃないか。そろそろ、結婚のことでも考えているんじゃないか」

「まさか。古いわね。今時の子は二十どころか、三十過ぎても考えないわよ。まだまだと思ってるのよ。もしかしたら、結婚なんか一生する気はないかもしれないし」

そんなものかと思う。確かに今は、気楽に人生を送れる。

史恵はラム酒のボトルと小さなグラスとチーズを抱えて戻ってきた。日比野の横で、自分も一杯、やるつもりらしい。多分、今夜の飯はこれで終わりだろう。夜は沢山食べない、というのが子供たちが出ていってからの史恵の主義になっている。

テレビは相変わらず雛壇にタレントを並べて井戸端会議のような話題を提供している。バラエティー番組の好きな史恵の視線はそちらに向いている。こんな時に横から話し掛けようものなら、たちまち機嫌が悪くなる。娘が口にした話題は取りあえずこれで終息したと見ていいだろう。しかし、第二夫人と自任しているくるみちゃんとお腹の子のことを、いつかは家族に話さなければならない。それを考えると気が重いが、今夜のところはさっさと風呂に入って、パソコンをチェックして寝ることにした。


「営業所回りはどうだった」と久々に顔を合わせた山本に声を掛けると、案の定、向こうから誘ってきたので、七時過ぎに会社を出た。いつもの寿司屋は一杯で、親父っさんが済まなさそうに手を振るので、別の店を探した。どこも込んでいてなかなか見つからない。中華料理屋をのぞきながら、「いっそ、いきなり、パピルスへ繰り出すか。腹の足しになるものくらい、何か、あるだろう」と言い出したので、日比野はあわてた。

「少し、話というか、相談したいことがある」

「何だ何だ。式神の孫と出来ちゃったのか」

暖簾に頭を突っ込んでいた山本が振り返った。当たらず、といえども遠からずなので、二の句が継げなかった。

「おい。奥に一つ、テーブルが空いているみたいだ。入るか」

確かに、テーブルが一卓、空いていた。周りは飲み客もいたが、一人や二人の食事だけの客もいた。席に座り、おしぼりを使いながら、取りあえず、ビールを注文した。

メニューを見ながら、「何だい、相談とは。移転プロジェクトの件か」と山本が、気を回しすぎてくれるので、確かにこれからしようとしている話は次元が低いかもしれない、と狼狽える。

「そのことも相談に乗ってほしいが、別の話だ」

「何か、変だな。やっぱり孫のことか。お前、少し、目が泳いでおる」

山本はきっちりと日比野の目をとらえてくる。

「それは違うが、似たような話だ」

検察官に詰め寄られているようで、どぎまぎしてくる。

「やはり、女の話だな。濱中とかいうバツイチ女の方か」

ビールを注いでやりながら首を振った。どうして、こう、社内の手近な対象にしてしまうのだろう。

「いや、みるくちゃんのことだ」

「みるくちゃんて、あの爆弾オッパイのみるくのことか」

山本の声がでかいので、周りが聞き耳を立てているのではないかとヒヤヒヤしてくる。

「そうだよ」

ややふて腐れたような感じで返した。確かに大きいが爆弾オッパイといういい方はないだろう。山本はすこし唖然としている。メニューを前に倒した。中国人の女の子が注文を聞きに来たので、「適当でいいか」と聞いてくるのでうなずくと、山本は三品注文した。

「それでどうした」

「どうやら、子供が出来たらしい」

山本の目が一瞬、点になった。

「……おいおい、それ、ほんとの話か。みるくとやったのか」

すこし呆れたような、信じられないような顔をしているので仕方なくうなずく。

「お前もウブというか、呆れた奴だ。いいか、本当の話なら今さら言っても始まらんが、ああいうところの付き合いは面白おかしく踏み込まず、だ」

確かに、片足はズッポリ踏み込んでいる。

「そうでないと、金がかかるか、ややこしいことになる。俺に相談してから、だろう」

「何が」

「何が、ってどうせ、史恵さんにはまだしゃべってないんだろう」

「もちろん。もちろん」

あわてて首を振る。

「しかし、考えようによっては、お前は大した奴だ。隅に置けんな。あんな若い、宇宙人みたいな爆弾オッパイを孕ますとは」

山本の声が一段と大きくなったような気がする。ますます、周りは聞き耳を立てているのではないか。

「よしてくれよ。たまたま、二人だけで飯を食った、成り行きでそうなっただけだ。失敗した」

「たまたまで、失敗か。まあ、しかし、あの子もお前のこと、満更でもなさそうだぞ。仕方がない。堕ろす時はお前が全部負担して、出来たら、一日、仕事をサボって付き添ってやることだな。それが男の誠意だ」

届いた酢豚を摘まみながら、誠意に力を入れていう。

「俺も彼女には悪いが、出来ればそうしてもらいたい」

「金は大丈夫か。史恵さんに内緒の金だぞ」

「それが、あの子は、産みたいというんだ。もちろん、産むにも金は要る」

山本は、ポカンと口を開けた。やや、間を置いて、

「それはややこしい話だな」

と呟くようにいう。

「だよな」

「もちろん、独身だろ、あの子。向こうの親は知っていそうか」

日比野はうなずいた。

「怒っているだろうな。所帯持ちと出来ちゃった婚、させるわけにもいかんしな」

ニヤニヤし始めた。面白がっているのではないか。

「親父さんの方はよくわからんが、母親はよかったね、といったそうだ」

「へぇーっ。宇宙人家族だな。まさに」

感心している場合ではない。結局、その夜はパピルスに寄るのを見合わせ、山本から、かすみちゃんにそれとなく探りを入れてもらうことにした。


翌日は、しばらく行っていなかった宇都宮のショールームに出かけてきた。そこでも本社のショールームの移転話と、ロジェスターとの提携が話題になった。帰ってくると一階のエレベータの前で戸部とバッタリ会った。

「マネージャー、いよいよ、向こうの役員と営業部長がやって来るらしいですよ」

「この提携話は、結局、うちが向こうを買うのか、買われるのか、どっちなんだ」

「そりゃあ、買う方でしょう。向こうは表敬訪問で来るんですよ」

「本当かい」

「外務の連中に任せておけばいいんですよ。それより早く、コンセプト、まとめておかないと。常務はせっかちですからね」

と戸部は脅すようにいってくる。

「そうだよな。何にも考えていない」

「まあ、頑張って下さい」

と離れていった。

エレベータで上がると、山本は戻っていて電話を掛けていた。パソコンを立ち上げ、届いたメールをのぞいた。提携プロジェクト会議の次回開催通知が届いていた。ファイルが添付されていて、時間や場所の他に次回の議題が記載されていた。それによると、日比野の班は自社製品と相手の製品の比較をして、特色や違いを明らかにして、提携のメリットを報告せよ、と指示されていた。提携は決まった話で、今さらメリットもクソもないものだ、何にも考えていないのに、早、次の会議かよ、しかも尼崎で、と思いながら、通知文を見つめた。

　メールの宛先を見ると野崎にも同報されているので、『開催通知を見たと思うが、次回の会議前に打合せをしたいので、本社まで出てこれないか』と野崎宛に改めてメールをした。

　電話を終えた山本が席の方から手招きした。人気のない会議室へ誘うので、入ってドアを閉めた。

「おい、かすみちゃんに連絡したぞ」

　少し、ドキドキしてきた。

「まさか、みるくちゃんが妊娠したの、知ってるか、なんて聞き方してないよな」

「アホか、そんなこと、ダイレクトに聞けるか。差し障りのない話から入って、それとなく聞いた」

「何か、いってたか」

「腹がでかくなったのは気づいてないようだ。ただ、あの子は、最近は妙にご機嫌で、もうじき店は辞めるといっているらしい」

「そうか」

お腹が目立つ前に辞めるということか。どうやら、本気のようだ。

「それで、今夜行くって、約束させられたからな」

「オレは行かん」

「何、いっとる。孕ませといて無責任な奴だな」

パピルスへ行くことが責任を果たすことになるはずもないが、前の日と同じくらいの時間に山本と会社を出た。いつもの寿司屋をのぞくと空いていた。親父っさんが、「きのうはすいませんね。バカ混みしちまって」といいながら鮪の切身を一品サービスしてくれた。

「ところで、壮太も見込まれたのか、どうかは知らんが、移転の責任者になっているらしいな。宮原常務や羽島専務の覚えめでたく。結構なことだ」

「止《よ》してくれよ。今のショールームの責任者なんだから仕方がないだろう。イメチェンしろというから大変だ。オレのセンスでは無理だな」

「そうだな。丸投げするしかないな」

同じことを誰かにも言われた。

「それに、あっちの提携プロジェクトにもお人好しにも首を突っ込んでいるんだろう」

「やりたくてやってるわけではない」

そういう言い方をされると、少し腹が立ってくる。

「知ってるか。式神がプロジェクトリーダーをやらされている理由を」

「役員会の決定なんだろう」

「社長に働きかけて、お膳立てしたのは誰か、わかるよな」

「羽島専務か」

「壮太、お前はのんびりしているが、駒の一つになっているんだぞ」

「どういうことだ」

「本当に能天気な奴だな。羽島閥にばっちり組み込まれた駒だ」

「そんな覚えはないが」

「好むと好まざるとにかかわらずだ」

日比野は、関西工場から異動になって、本社へ出社した時に見せたエレベータホールでの羽島専務の日比野を抱き抱えんばかりの笑みを思い出した。

「オレはそんな大物じゃない」

憮然として、グラスに残っているビールを空けた。

「いやいや、大物さ。なにせ、凱旋将軍だからな。まあ、あまり、羽島・宮原ラインに乗せられんようにな。式神の花道を飾る、といって社長をけしかけて、リーダーに持ち上げたが、あれは、失敗させることを狙ってるな」

「本当か」

「そのための刺客がお前だ。確かに適任だな」

とんでもない話になってきている。

「オレのことはいいが、式神の失脚を狙っているわけか」

「それは違う。プロジェクトがうまくいかないくらいで、失脚するわけがない。大体がもう上がりなんだから」

　確か、次の役員改選では勇退と日比野も噂を聞いている。

「じゃ、何のために」

「最後にちょっと、汚点というか、恥を搔かせたいんじゃないか。羽島専務も散々、煮え湯を飲まされてきたからな」

「意地悪だな、専務も」

「悪い人じゃないんだが、そういうところはある」

　そうかもしれないと思う。

「その、仕掛けのキーがお前だよ。恐ろしいことだ。くわばら、くわばら」

とニヤニヤしている。そんなことになるはずはないという思いはある。

「それじゃ、俺が式神に協力したらどうなる」

「なるほど。お前らしい発想だ。だが、断言してもいいが、絶対、そうはならん」

　そう言われれば、式神に楯は突いても、協力的になる自分を想像はできない。

「だろう。もう、お前は読まれているんだよ。相手の方が役者は上だ」

「そうかなあ」

と首を傾げたくなる。

「そうさ。それより、あの子はどうするんだ。産ませるのか。そうなると修羅場だなあ」

会社のことに話題が行っていたが、本来の話に振られて思わず黙る。

「愛人にでもしてやれ、どこかに囲って。そうなると、金が要るな」

「気楽なことをいってくれるな。向こうは妻にしてくれ、といっている」

「マジか。史恵さんと別れてくれと迫られたか。もてる男はツライね」

「茶化すなよ。別れてくれとはいっていない。二番目の妻にしてくれ、といわれた。愛人じゃ嫌らしい」

「ほほう。なるほど。なるほど。第二夫人の座に据えろと。さすが、宇宙人。ムスリムの世界だ」

「ムスリムってなんだ？」

「イスラム教徒だ」

「マホメット教か」

「そうだ。しかし、重婚は日本では無理だ。お前がいくら、イスラム教に改宗しても」

「わかってるよ。オレは仏教徒だ。入籍はいいそうだ。離婚の時に面倒だからって」

「参ったな。さすがだ。リケジョは頭がいい。一本、取られたな。そうやって、愛人ではない第二夫人の座を射止めたわけだ」

山本はゲラゲラ笑い出した。周りの客が何事か、と二人を見てくる。親父っさんも不思議そうに目を丸くしている。

「オレは承知していない」

「もう、そう言っても始まらん。動かぬ証拠があるんだろう」

それをいわれると返す言葉がない。

「罠に嵌められたような気がする」

「ハニートラップってやつか。いいじゃないか、それで。幸せ者だ。お前は」

「人のことだと思って」

「問題は史恵さん対策だな。頑張れ、色男。そろそろ出るぞ」

山本は親父っさんに向かって、「おあいそ」と手を上げた。

史恵に話して丸く収める自信は全くない。頂くものはきちんと頂いて、出ていかせてもらいます、といいそうだ。そんなことを考えると酔いが急速に醒めてきそうだった。

「おい」と支払いを済ませた山本に肩を叩かれた。

「めでたい。めでたい。今日はオレの奢りだ」

何を言ってやがる、と思いながら山本の後に続いて店を出た。

パピルスの狭い階段を降りて行くと、賑やかな声がドアの隙間から聞こえてきた。

「今日は団体さんだな」

と山本がドアを開けると、奥に中年の一個連隊が陣取っていた。連中の着ているものや、日焼け顔からすると、どうやらゴルフの帰りらしい。平日にコンペでもやったのだろう。その他には客はいなかった。

「山本様、日比野様、いらっしゃいませ」

といつも客席の間をドルフィンのように動き回っているマネージャーが寄ってきて、手前のいつもの席に案内してくれた。女の子たちはすべて、団体の方に集結しているようだった。

マネージャーに耳打ちされて、中から抜け出してきたのはかすみちゃんだった。かすみちゃんが腰を下ろすのと、「オレ、オシッコ」と山本が立ち上がったのが同時だった。山本が化粧室の中に消えると、かすみちゃんはヒソッと身体をテーブル越しに寄せてきた。

「日比ちゃん、聞いてるんでしょう。みるくちゃんのこと。出来たって」

バレてる。日比野は曖昧にうなずいた。

「山ちゃんが変な探りの電話、掛けてきたからとぼけといたけど、山ちゃんに話したの？」

日比野は再びうなずいた。

「何よ、借りてきた猫みたいに大人しくしちゃって。二人、出来てたんだ。隅に置けないね、日比ちゃんも」

「みるくちゃん、今日はいないんですか」

「いるわよ」

指を差された方をみると、確かにゆでダコのように赤くなったハゲ親父の奥に顔を半分だけ見せて座っている。誰かのバカ話に思い切り身をよじらせている。

「ここ、年内に辞めるんだって。会社から産休も取るんだって。それも聞いた？」

辞める話は聞いていなかったが、産休のことは聞いている。

「本気で産む気だよ。今時の会社ってどうなんだろう」

「といいますと」

「独身でも、産休くれるっていうじゃない」

とくるみちゃんの会社に呆れたのか、それともこんなことを仕出かした日比野たちに呆れたのか、目を吊り上げかけたところへ山本が戻ってきた。

「何だ、まだ、水割り作ってくれてないじゃないか」

渡されたおしぼりを使いながら座った。「ごめんなさい」といいながら、氷を挟んでグラスに入れ始めたが、ふと、手を止めた。

「山ちゃんも聞いたんでしょ。日比野さんたちのこと」

「おお、聞いた。聞いた。恐れ入谷の鬼子母神だ」

大げさなやつだ。ところで、たち、とはなんだ。完全にカップル扱いされている。俺はまだ腹が決まっていないんだ、といいたくなる。そこへ、「お待た」と、くるみちゃんがようやく奥の団体さんから抜け出してやってくる。心なしか、下腹部をかばっているように見えた。

「ダーリン、ごめんね。怒ってないよね」

と小声で訳のわからないことをいいながら隣に腰を下ろす。すこし、酔っているのではないか。心配になってくる。

「よお、みるくちゃん」と山本が声を掛けるのにも、精一杯の愛想を振り撒いている。すこぶるご機嫌のようだ。きっと、お腹の子も順調なのだろう。日比野の横に座っているのは、本物の女房ではあるまいかと思うくらいの貫禄というか迫力をその夜のくるみちゃんは感じさせた。

十日ほどして、日比野は予約してもらった病院で健診を受けた。結果は一週間後になるといわれた。郵送もできると説明され、少し迷ったが、予約しておけばあまり待たされないことがわかったので、病院へ行って結果を聞くことにした。ここ数年の傾向では、肝臓の数値が少しオーバーしていたのだが、それは酒のせいとわかっている。それ以外は特に問題になるようなことはないはずだった。

その日の夕方は筑波から野崎が来ることになっていた。週明けに提携プロジェクトの会議が尼崎で開かれる。そこでロジェスターの製品と対比させた新商品のコンセプトを発表しなければならない。野崎が何か考えてくれるだろう、と期待しながら会社に戻った。

既に野崎は空いている机の上にノートパソコンを広げていた。日比野が「やあ」と手を上げると、わずかに頭を下げたが、日比野の方は見ようとしない。相変わらずだなと思いながら、自分の席に座った。届いていた郵便や書類を見た後で、コーヒーサーバーのところへ行き、野崎の分も作ってやった。コーヒーを野崎に渡し、画面を横からのぞいた。パワーポイントで資料を作っていた。

「うまく、まとまりそうかい」

「つくばエクスプレスの中で思いついたことがありますので、今、修正しているところです。もう少し、待って下さい」

「いいよ」

といいながら、自分の席に戻って、コーヒーを飲み始めていると、「こんにちは」という声がした。

入口の方を見ると上村さんが入ってきた。

「マネージャー、今日、総務に用事があって来ましたので、寄らせていただきました」

とペコリと頭を下げた。野崎の方にも行き、「こんにちは」と声を掛けた。

「やあ」と野崎は顔を上げて、にこやかに応えた。なんだ、俺の時は顔も上げなかったのに、と文句をいっても仕方がない。

「上村さん、いつも、いれてもらってばっかりだから、今日は僕がコーヒーをいれようか」

「あら、大丈夫です。自分でやりますから」

「じゃあ、あそこ」

とコーヒーサーバーの方を指差した。野崎は五分ほど、一心不乱にキーを叩いていた。二人でそれをじっと見守る形になった。やがて、野崎は顔を上げ、「出来ました。今、プリントします」そういって、USBメモリーを取り出して辺りを見回した。

「プリンターかい？　オレのパソコンからつなげばいいよ」

メモリーを受け取り、プリントした。日比野も一部をもらい、読んでみた。中身が何だか弱い。確かにこれまでの製品のグレードアップを狙っているのだが、機能面に偏りすぎているような気がした。

「どうですか」

と野崎が日比野の顔色を窺うように聞いてくる。

「う～ん。正直いって食い足りない」

「どんな感じがいいんですか」

「何て言えばいいか。採用してみて、どういうメリットがあるのかという説明が足りないような気がする」

キッチンや洗面所回りの製品をメインにしている。売れ筋に改良を加えるつもりらしく、よく考えてくれているような気がするが、ピンとこない。

「なるほど」

「わたしも見せてもらっていいですか」

と上村さんがいうので、日比野はプリントを渡した。上村さんはパラパラめくっていたが、

「生意気なこと、いっちゃっていいですか」

と顔を上げて、野崎を見た。

「いいよ。どうぞ」

何だか、野崎はうれしそうだ。

「これって、機能の説明に終始していて、お客様の目線になっていないんです。簡単な取説を読んでいるみたいで味気ないです」

「その通り」

日比野は相槌を打った。資料は製品のＣＧ画像が羅列され、それに仕様といかによく考えて

開発しているか、いわば自慢話的な簡単なコメントが付いているだけだ。

「お客様目線ですか」

「そうです。例えばですね……」

と二人でやりだした。上村さんの繰り出すアイデアに野崎は一つ一つうなずいている。日比野が横で聞いていても納得できる部分が多い。気が付いたら、六時をまわっていた。

「こんな感じですかね」

と再びプリントした資料を野崎から渡された。大分、ポイントがはっきりして見易くなっている。

「いいんじゃないか」

「わたし、もう少しアイデア、あります」

「どんな?」

と野崎が食いついた。

「まだ、イメージなんですけど」

「教えてよ」

二人の会話に親密さがある。間に割って入っていけない空気のようなものがある。ヤレヤレと思う。上村さんがノートを取り出し、真っ白な紙面に何やら書き出した。それを野崎が横から熱心にのぞきこむ。さらに少し離れて日比野が見守るという構図になっている。そうやって三十分ほど、二人で額を突き合わせて相談しているのをじっと見ていた。

「日比野さん、これでもう一度、まとめ直してみます」

と野崎が声を掛けてきたのは七時をまわった頃だった。見せてくれたのは殴り書きのようなキッチンや洗面所のラフスケッチで、所々にメモ書きが漫画の吹き出しのように挿入されていた。何だか、イメージがよくわからなかった。

「これで、いけるのかい」

「来週の会議前までにきっちり仕上げますから」

横で上村さんもにっこりうなずいた。二人にしかわからない、まるで符丁のようなものを見ている気分だった。

「どう、まだ時間掛かりそう？」

「後少しでまとまると思います」

「それなら待つから。その後、三人でメシでも、どう」

「いやあ、せっかくですけど、待たれると気が散りそうなので、結構です。どうぞ、お先に」

と野崎はにべもない。

「上村さんはどうなの」

「すみません。もう少し、野崎主任に付き合います。どうぞ」

上村さんの方は日比野の提案に満更でもなさそうだったが、野崎に同調した様子に見えた。

「そうか。じゃあ、悪いけど先に帰らせてもらう。火曜日は頼むよ。月曜日にメール流しといて」

「了解です」

日比野の顔なんか見向きもせず、パソコンのキーを叩いている。ヤレヤレと思いながら、会社を出た。今夜は山本もいない。真っ直ぐ帰ることにした。それにしても、あの二人はのめり込むタイプ同士というのか、息が合うというのか、熱心にやってくれて、ありがたいことには違いないのだが、二人の距離が少し近すぎるようで気にかかる。

よく考えてみれば、今日だって、上村さんは他に用事があって、ついでにのぞいてみたという偶然的なことではなく、二人は示し合わせていたのかもしれない。後で、二人で食事に行く約束も出来ていたのかもしれない。そんなことが知れれば、それこそ、濱中さんを再び御冠にさせてしまう。この前は、たまたま労災事故のせいで、あの重苦しい空気が一気に吹き飛ばされて、ある意味、結果オーライになったが、もし、二人が距離を縮めているのなら、元寇の時のようには、そう易々と神風は吹いてくれないだろう、と考えてくると気が重くなる。式神の怒った顔も浮かんでくる。もしも、そういうことになったら、二人の仲を取り持ったのは、誰あろう、日比野ということになってしまうだろう。上村さんを筑波工場に連れていったのは、他ならぬ日比野なのだから。こいつはマズイと、電車の吊革を握り締めながら思わず唸った。

家に帰って、風呂を浴びてビールを飲んだ。史恵にその話をすると一笑に付された。

「本人同士のことなのだから、あなたは関係ないわよ」

そんなものか。

「しかし、野崎はバツイチで、年も喰っている。片や、まだうら若き将来ある女子で、式神の孫だぞ。釣り合わん」

「何が、うら若き女子よ。周りがいくら釣り合わないカップルだと思っても、本人同士がそう思ってるなら仕方ないじゃない」

史恵の一言にドキッとした。何だか、自分とくるみちゃんのことをいわれているような気がした。

お腹の子は順調に育っているようだ。その都度、削除しているが、メールが二、三日おきに携帯に届く。最近のメールではエコーの画像が添付されていて、そろそろ性別がわかる、とも書いてあった。頭が痛くなってくる。ダーリンという呼び方も着実に第二夫人の貫禄というか、様になってきているような気がする。他のカップルをどうのこうのと言ってる場合ではない。まさしく、日比野自身が釣り合いのとれないややこしいカップルの片割れになっているのだ。そう思うと、風呂上がりのビールも急速に苦くなっていった。傍らで史恵が相変わらずバラエティー番組を視ながら笑いこけている。一体、いつ、どんな形で史恵に切り出せばいいのだ。それとも、ずっと隠し通せるものなのか。そんな問題を取り扱ったハウツー物の新書は出てないのだろうか。最悪を想定すれば、史恵との離婚話も持ち上がってくるだろう。そう思えば、ビール一杯だけでは済まされない気分になる。

キッチンの冷蔵庫から氷を取り出し、大事にチビチビと飲んでいるバランタインの十七年物をグラスに注いだ。

「あら、珍しい。今日は、『おい、氷』っていわないんだ。えらい、えらい。何か、あったのかなあ」

いわれてみれば、確かに、と思う。多少、やましいところがあるせいでそうなっているのだろう。

「何もないよ」

あぶない。あぶない。いつもと違う行動パターンをとると勘付かれてしまう。女はそういうところは鋭いものだ。

「パパ、上村さんに結構、気があったりして。悔しいんじゃないの。その、何とかさんに取られそうになって」

テレビに視線を向けたままいう。

「まさか」

「美人ちゃんなんでしょ。パパ、キレイ系に弱いからね」

確かに、式神の血筋だけあって、気品というかノーブルな感じはする。悪くはないが、式神の孫だし、こちらは既婚だし、手が出せるわけがない。それに、目下、くるみちゃんのことで専ら守勢に立たされている。

「それより、検査は行ってきたの」

話題を変えてくれた。

「行ってきたよ」

「何か、いわれた？」

「結果は一週間後だって。大したことはないと思うよ」

番組が終わったようだ。史恵は立ち上がると、大きく伸びをして、

「さあ、お風呂にでも入ってくるわね。使ったお皿、台所に戻しておいてよ」

と言い残して洗面所に消えた。

取って置きのバランタインだが、今夜はもう一杯飲もうと決めた。だが、二杯目を口にした途端、携帯から削除はしたが、あの黒々としたエコーの画像が脳裏に蘇ってきた。確かに胎児の形をしていた。あのメールには、オマケにその画像を手にしたくるみちゃんのニコニコした笑顔の写真までついていた。もはや、仮想的にくるみちゃんのお腹が膨れてきているわけではない。厳然たる事実なのだ。削除した瞬間はあまりピンと来なかったが、今は生々しい記憶として目の前に広がる。

メールの文面も思い出した。確か、『浮気しちゃダメですよ。男の人って、奥さんのお腹が大きい時、浮気しちゃうって聞きました』という調子になっていたはずだ。聞いたって、誰からだよ。オレはれっきとした正妻を持つ既婚者なんだぞ。やはり、第二夫人への対処法を指南してくれるハウツー物が必要なのだ。今度、ネットで検索してみようと思いながら、そのまま、ソファで眠ってしまったようだ。史恵に起こされて眼が覚めた。

関西工場の会議室に入ると、野崎はもう来ていて、ノートパソコンをのぞいていた。日比野

が「やあ」と手を上げると、顔をこちらに向けて、「見てくれました?」と聞いてきた。

「見たよ。あんな感じでいいと思う。あまり商品を前面に出さないのがいい」

野崎の隣の席に腰を下ろした。

「ですよね。さすがです。上村さんのセンスは」

確かに、前の日にメールされてきた資料を見て、これは野崎のセンスではないと日比野も感じていた。いわば若い女性の目線でパーソナルライフをエンジョイしようとする雰囲気に仕上がっていて、期待感を持たせる内容になっていると思われた。

定刻の二時には、式神を除いて、メンバーがほぼ、顔を揃えていた。そこへ都井次長が顔をのぞかせて、「神谷工場長は所用で、十分ほど遅れますので、先に始めておいてくれ、ということです」と伝えてきたので、契約関係の進捗状況の報告から始まった。

順番が回ってきて、日比野が先方の商品構成とのコラボを念頭において、隣の野崎に操作させて資料をプロジェクターでスクリーンに投影して説明を始めた。そこへ式神が入ってきて、席に腰を下ろすと、座の空気がピーンと急に緊張を帯びたものになった。

「いいから、続けてくれ」と促されて、日比野は説明を再開した。声が上滑りしていくような心持ちだった。一通り、説明を終えて座ると次の説明者が報告を始めた。こういう時の式神は一通り聞くまで、途中で口を差し挟まない。と思っていたら、報告を遮るようにして、「日比野君の報告は何だ」ときた。

「何か、マズイところがございましたか」

こういうやり取りは、ある意味、慣れている。関西工場時代によくやり合ったからだ。

「大体、君らしくない」

「どの辺りが、でしょうか」

周りは固唾を飲んでいる。

「何ていうんだ。ほら……、イメージでもないし」

「コンセプトでしょうか」

「そう。そのコンセプトというやつだ。なっとらん」

「……」

いきなり、藪から棒にいわれても面喰らう。

「いいか、こんな浮ついたものでは、向こうのペースに乗せられてしまうのではないか。我々の製品の拡販のために、こんな会議をやったり、アメリカに事務所を開くのではない。あちらだって、行き詰まっているから、うちの話に乗ってきているのだ。勘違いするな」

浮ついたもの、ときた。

「しかし、ある程度はアメリカに受け入れられやすいところがありませんと」

「違う。だから、君らしくないといってるんだ」

「はあ……」

周りは交互に二人の顔を見ながら、やり取りに注目しているようだ。

「君はよく、言っとったよな。新しいライフスタイルを創造すると」

確かに、関西工場時代には、自分が提案したものをケチョンケチョンにけなされた時に楯突くように反論したことが何度かある。

「文化だよ」

「……文化ですか」

「そうだ。新しい文化を持ち込むつもりでやらないといかんのじゃないか。そこが抜け落ちている」

座が一瞬、どよめいたような気がした。

ハッとした。そうだ。アメリカ受けするように、センスよく、少しオシャレに製品を配してまとめればよい、とだけ思い込んでいた。確かに、そういう意味では浮ついていた。一本取られた、と思った。

「わかりました。申し訳ありません。早速、やり直します」

工場長はもう何も言わなかった。最後の報告者が説明を終えると、黙って出ていった。

かばんに資料を戻していると、野崎が寄ってきた。

「マネージャー、済みませんでした。自分にしては、いい資料に仕上がったと思っていたんですが」

「いいんだ。オレがもっと、はっきりしたコンセプトを出すべきだったんだ。君ら任せにして申し訳なかった」

「そうですか」

気怠いような脱力感が襲ってきた。立ち上がるのも面倒になっていた。心臓の調子が狂いそうな気分だった。

「わたし、これから、ちょっとここの開発に寄っていきたいのですが、いいですかね」

気まずいから一緒に帰りづらいというのか、それとも本当に用事があるのか、わからない野崎の言い方だった。

「いいよ。いいよ。又、考え直そうや」

「じゃ、失礼します」

「お疲れさん。帰りは別々だな」

「はい」

野崎が会議室から出ていくと、日比野だけになった。何と言ったらいいのか、一種の敗北感に襲われていた。凱旋将軍だとおだてられ、孫娘を人質に取っているとはやされ、労災事故では、頭を下げさせたと噂されたりして、いい気になっていたが、肝心の仕事では手を抜いて、そこを見透かされた。オレもまだまだだなあ、という自嘲的な気分になってくる。若い子を孕ませてオタオタしている場合じゃないぞ、とも思う。一度、かばんに入れた資料を再び取り出して眺めてみた。三十分ほどそうやっていた。

一階に下りて、事務室の方をガラス越しに見ると、神谷工場長は書類に判を押し続けている。横に座っている都井と目が合った。都井は微かにうなずき目配せしてきた。玄関脇の応接コーナーに腰を下ろして書架の雑誌をパラパラめくっていると終業のチャイムが鳴って、都井がやってきた。

「例の所で待ってて下さいよ。まだ時間、大丈夫でしょ?」

「わかった」

例の所とは、関西工場時代に二人でよく行った居酒屋だ。工場から歩いて七、八分のところにある。守衛の見送りを受けて正門を出て、ぶらぶらしながら通りを行く。昔はこの町も公害で大変だったと聞いているが、今ではマンションが建ち並び、この工場は肩身の狭い存在となっている。

梅雨の始まる前に異動があって辞令をもらい、半年が過ぎた。もう年の瀬が近い。風も冷たくなっている。考えてみれば変な異動だった。定期人事ではなく、ごく限られた人間が対象になっていた。日比野の場合は、提携話やショールームの移転が具体的になりつつあったからか、それこそ、式神が自分を放り出す気になったたか、どちらだったのだろうか、いや、両方だったかもしれない。半年前と景色が変わったわけではないが、こうやって歩いている自分は、もう、この町にとってはよそ者のような存在になっているのだろうなと思う。

それにしても、この半年、コペルニクス的転回を遂げたような気がする。それまでは、この関西の片隅で定年まで勤め上げるか、潰されて嫌気がさして途中で辞めるかのどちらかだと思っていた。それが虎の穴からの脱出に成功し、おまけにあろうことか、三人目の子供まで作ってしまった。来年の四月の初めには生まれてくるらしい。いろいろあった。そんなとりとめのないことを思い出しているうちに、馴染みの小振りな紺の暖簾が見えてきた。

「いやあ、久しぶりやわ。日比野さん」

女将に肩をたたかれた。

「まだ空いてるから、好きなとこ座って。お一人？」

「都井が後で」

「ほなら、カウンターにしよか。うちらと話も出来るし」

いつもの定席だ。

「都井さんもな、日比野さんが偉うならはって、東京へ行かれてからな、あまり来てくれはらへんようなってな」

「偉くなっていないですよ。でも、都井もあまり来てないんですか」

店が空いているので、女将に相手をしてもらっているうちに、工場着のまま、都井が入ってきた。

「ああら、今、都井さんの噂してたとこ」

「どうせ、ろくな噂ではないでしょう」

と笑いながらおしぼりを使う。生ビールを注文した。

「今日は時間は」

「まあ、一時間半てとこかな」

今日中に新幹線で帰らなければならない。明日はロジェスターの製品説明会が本社で開かれる。

「会議はどうでした」

　都井は出席していない。

「何か、聞いてる？」

「いいえ」

　日比野は式神の発言の様子を伝えた。

「柔道でいえば、やっこさんの一本勝ちだ」

「兜《かぶと》を脱ぐんですか」

「ああ、完敗だ。腹も立たん」

　そこへビールが届いた。

「それじゃ、完敗に乾杯」

「うまい。座布団、一枚だな」

　ジョッキを合わせた。

「あまり、悔しそうじゃないですね。今までだったら、こういう時、結構、ここで呪い倒してましたよ」

「ほんとだ」

「本社へ戻って吹っ切れましたか」

「そうでもないが……。本社といったって、ショールームの担当じゃ、巡回部隊の隊長みたいなもんだからね」

といいながら、やはり、都井のいうように、吹っ切れたのかもしれないと自分でも思う。これから、子供が生まれてくることで大騒ぎしなければならないというのに、そんなコップの中の嵐みたいなものは、ベーゴマが相手を外に弾き出すようなものかもしれない。

「ショールームの移転も大変なんですか」

コンセプトだけ決めて、後はアウトソーシングするつもりなんだ」

コンセプトを決めるのは大仕事だが、総務の戸部がイベントを手掛けている代理店に勤めている同級生を紹介してくれることになっている。

「戸部は僕の学校の後輩ですよ」

「そうだったのか。知らなかった。結構、器用そうなヤツだね」

人の気を逸らさず、うまく先回りをして気配りをしてくれる。

「後輩というだけでよくは知らないのですが、そうなんですか。まあ、でも悪くいえば、お調子者ですね」

と都井は笑う。ショールームの話を聞いてきたので、いろいろ事情を説明した。式神の孫だという上村さんのことにも関心があったのかもしれない。日比野は、式神と上村さんの母親の仲が良くないらしいというところまで話してしまった。

「ところで、工場長は来年の株主総会での引退を決めたみたいですよ」

これまで、社内のあちらこちらで囁かれていた噂だ。

「本人から聞いたの？」

「いいえ。でも、確かな筋からの情報です」

「そうか。となると噂通りだな。その時は、後任はどうなるんだろうね」

「まだ、そこまで話は進んでないでしょう。総会までは半年以上ありますからね」

「でも、候補者はいるだろう」

日比野はそういう情報には疎かった。

「下馬評はありますよ。開発促進の山本部長もそうじゃないですか。日比野さんと同期なんでしょう」

「そうだが、あいつはまだ理事にもなっていない。工場長は役員がなるんだろう」

「そういうことになれば、同時に理事に昇格でしょうね」

理事は役員予備軍だ。一抹の寂しさが日比野を襲った。山本はほぼ、陽のあたるコースを歩んできた。自分はそうでもない。男の嫉妬というやつだろうか。

「ただ、山本部長は文系ですよね。営業は長いがモノ作りは知らないですね」

「工場長まで行けば、実際の生産は部下に任せればいいんじゃないか。その時は君も工場次長として補佐すればいい」

「工場次長なんて、工場長の秘書役ですよ。実権もなければ、モノ作りの経験もないですよ」

「まあ、山本がなると決まったわけではないだろうが、他には誰か、いそうか」

「そうですね……。私の独断と偏見ですが」

といいながら、二人ほど名を挙げた。

「なるほど。いい分析力だ」

ある程度は納得できる。

「ついでに、言っていいですか」

「どうぞ。異動の話、他にもあるのかい？」

「実は、日比野さんも別件の何かで名前が挙がっているように聞きました」

「本当か。まさか、又、転勤ってわけじゃないよな」

都井は日比野が関西工場から本社に戻るようになることを、事前に言い当てていた。彼の情報網は侮れない。

「わかりません。それ以上は知りませんので」

「おいおい、それは蛇の生殺しというものだ。教えろよ」

「本当に知らないんですから」

そんなやり取りをしているうちに帰る時間になった。時間切れというか、釈然としない気分だった。都井に尼崎駅まで送ってもらい、快速電車に乗った。吊革にぶら下がって揺られているうちに、ふと思った。都井は、久しぶりだからたまたま自分を誘ったのではなく、初めからその話を伝えるつもりだったのではなかったかと。

とすれば、何らかに関係して、自分のことが取り沙汰されていることになる。いや、待てよ。くるみちゃんに子供を作らせたことが洩れて、話題になっているのではないか。今のところ、山本しか知らないはずだが、何かの弾みで、ポロッとあいつがよそで口に出したかもしれない。ヤバイな。車窓を流れていく大阪の街のネオンを見つめながら、心が段々落ち着かなくなっていった。

一ヶ月ほどしてロジェスターの商品説明会が大会議室で行われた。先方から、役員と営業部長が出席して、英語で挨拶した後、通訳を入れてプロジェクターで説明が行われた。内容は事前に配られた商品カタログの抜粋をそっくりパワーポイントにしたものだった。日比野は事前にカタログに目を通していたので、目新しいことはなかった。こいつらの上をいくコンセプトで商品と文化を開発しなければならないのか、とスクリーンに投影されているエンディングのロジェスターのロゴマークを見つめた。

席に戻ると、『ショールームの吉原さんから、又連絡します、と電話がありました』とメモが置かれてあった。吉原さんから電話とは珍しい、と思いながら受話器に手を伸ばそうとした時、電話が鳴った。戸部からだった。

（すみません。今日の午後、来ると言っていた代理店が、急用が出来て、明日の午後に延ばしてほしい、と言ってきているんですが……）

（明日の午後でも、大丈夫だと思うが……。時間は？）

手帳を繰りながら答えた。

（午後なら、何時でも合わせられると言ってます）

日比野は、それじゃ三時、といって電話を切った。

再び、受話器を取り上げてショールームへ掛けた。出たのは上村さんだった。吉原さんにつないで、と頼んで出てきた吉原さんは少しあわてている様子だった。後で掛け直しますというので、受話器を戻した。

すぐに電話が鳴った。

（吉原です。マネージャー、すみません）

（どうした？　何か、あったの）

（それが、上村さんが、チーフの目の前で、筑波の野崎主任にガンガン電話するものですから）

（それで、濱中さんの機嫌が悪くなったと）

一時の小康状態が打ち破られて再び危険水域に達しようとしているのか。

（それほどでもないんですが、何だか、ジワーッと空気が……）

（なるほど。今、外へ出て掛けてるの）

（はい。エクステリアコーナーから）

吉原さんはドロドロになりそうなその粘着質の空気に堪えきれなくなってきているのだろう。

上村さんとしては、当然、前日の会議の結果を野崎から聞いているわけで、しかも、自分の祖父からアイデアにケチをつけられたとあっては、闘志をむき出しにしなければならない。

これは自分が出て行ってもそう簡単に収まるものではない。その時、丁度、都合のいいことを思い出した。生活習慣病の検査結果を聞きに来いとクリニックから催促されていたからだ。会社にはもう結果が送られてきているらしく、総務の戸部から、「無罪放免ではないようですよ」といわれていたのだ。健康推進室へ行けば、看護師が見せてくれるのだがそれも面倒臭い。そう思い、放り出していたのだがいい口実になるとほくそ笑んだ。

(吉原さん、実は今日はね、この間受けた健診の結果を聞きに行く予約をクリニックに入れていて。あまり時間がないので寄れそうにないんだ)

(そうなんですか。どうしましょう。このまま、放っておきますか)

(無視。無視。吉原さんは知らん顔して、何か片付け仕事でもしてればいいから)

(そうですね。わかりました)

とまあ、電話は切ったものの、嘘をついたことになるからクリニックへ行かなければならなくなってきた。別に予約がどうしても必要なクリニックではないから今から出かけても夕方の診察には間に合うはずで問題はない。「直帰」の札を出して会社を出た。


やはり予約をしておいた方がよかったのかもしれない。クリニックで一時間近く待たされた後、呼ばれて診察室へ通されると、若い医師が大きな画面のモニターを眺めていた。

「日比野さんの最近のデータが出てこないのですが、これまで健診は受けてこられませんでしたか」

と聞いてくるので、

「五年近く、関西にいまして、そちらで受けてきていました」

「ああ、そういうことですね。結果としてはCなんです。まあ、要注意というところです。肝臓関係の数値は以前から少しオーバーしてましたか」

「はい。アルコールの絡むものといわれました」

「お酒は今も、結構？」

「量を減らそうと思うのですが、付き合いもあり、ついつい」

山本の顔が浮かぶ。

「もう少し、控えられた方がいいですよ。ところで、心電図の結果なんですが、波形が少々正常ではないのかなと。少々ですよ。時々、胸が痛かったり、何というか、圧迫感を感じたりされることはないですか」

「いえ、特には」

「考えられる一つの典型的なパターンとしては、狭心症が疑われるのですが、波形が個性的な方もいらっしゃいますので、この結果だけでは診断が難しいのです。よろしければ、ホルター心電図というのをやられるといいかもしれません。心臓関係の専門病院をご紹介しますよ」

狭心症。どんな病気なんだ。でも、聞きたそうにすれば突っ込んできそうだから、聞くのはやめる。

「ホルター心電図、ですか」

「はい。小型の心電図の装置を身体に付けて、普通に生活していただきながら二十四時間測定します」

「二十四時間？」

「まる一日の行動パターンを通して心臓の状態をモニターするわけです。小型ですからぶら下げたままで支障はありません。何ヶ所か、電極を貼り付けますので、もちろん、その日のお風呂は無理ですが」

何だか、面倒臭そうだ。

「ベッドで一日、じっとしているわけではありません。普通に生活できます。本当に普通です」

医師は普通を強調した。そこまでいわれると無下には断れない。多分、行かないと思うが紹介状を書いてもらうことにした。

第三章

くるみちゃんから、産休に入ったというメールが膨れたお腹の写真付きで送られてきた。確かにここまできた体形を見れば妊娠は想像ではなく、物理的にも間違いなさそうだ。

パピルスはもっと以前に辞めていたので、最近の連絡は専らメールと電話にして逢うことはない。というよりも、逢わないように心掛けている。

電話は時と場所をわきまえる必要があるので、なるべく控えてもらうように頼んでいるのでメールが大半だ。

受信と送信はその都度、削除している。くるみちゃんには悪いのだが、妊健というらしい検査結果を写したものやら、母子手帳、岩田帯を授けられた神社、よくわからないエコー写真などなど実験結果のようにこまめに送ってくれてもきれいさっぱり削除して証拠の残らない完全犯罪を企てている。尤も向こうには残っているはずだから、この地上から抹殺しているわけではない。

自分としては一過性のことで済ませたかったのだが、こんなことになってしまってという思いが常にあり、それをしっかり罪悪感というか背徳感が裏打ちしてくれている。くるみちゃんに対して素っ気ない返事やメールになっているのを、多分感じ取っているはずだが、それでもめげないところが凄いし、いじらしくもあり、正直、可愛い。困ったものだと思うことが多くなった。


電話はその朝、突然だった。朝食を終えて、玄関へ向かうところだった。

「あなた、電話」

通勤用のかばんの中に入れてある携帯を取り出そうとして、モタついていると史恵が急かす。画面を見ると、くるみちゃんからだ。まずい。背中を冷ややかな電流がながれる。

「もしもし」

(ダーリン、痛いっ!)

「どうしたの、朝から。間違えて掛けてるんじゃないの。僕は急いでいるから、切るよ」

赤い釦を押した。

「どうしたの」

「山本と行く飲み屋の子だよ。朝っぱらから、寝ぼけて彼氏と間違えたんじゃないか」

「番号、交換してるんだ」

又、携帯が鳴った。

「ほら、又、電話よ。間違えてないんじゃないの」

仕方なく出る。

「もしもし」

（だからっ、陣痛始まったの。痛いっていってんの。早く来て！）

最後は絶叫のように聞こえた。

「もしもし」

電話は切れている。

「どうしたの？　電話の向こうで叫んでたみたい。誰よ。飲み屋の姐ちゃんじゃないでしょう」

史恵が検察官のような鋭い眼差しを向けてくる。

頭の中がパニクっている。この場をどう言い逃れるかということと、くるみちゃんの出産がいよいよ現実のものになってきたことで完全に思考停止した。気が付くと、携帯を握り締めたまま目が液晶の中のひよこがピヨピヨしているのを見つめている。


週末、史恵が緊急の家族会議を招集した。

淳也と美雪はもちろん事前に招集の理由を聞かされているわけで、久しぶりに実家にやって来た二人共、表情は硬い。

「後にして」

淳也が冷蔵庫から、缶ビールを取り出そうとして史恵に止められ、ダイニングの椅子に座らせられた。

「相手の子って何歳？」

美雪は好奇心一杯の表情を浮かべる。

「二十七歳かな」

本当は二十四なのだが、本当のことをいうと自分が若いくるみちゃんをだましたように取られるかもしれないのですこしサバを読んだ。

「わたしより一個、下だし。お父上、やるな」

そういう美雪の目は笑っていない。基本、史恵の側だ。ビールを止められた淳也は仏頂面をしているが、スタンスは中立を装い、どちらにも与したくないというのが本音だろう。

「で、どうなさるお積もり？」

史恵がドンと音を立てて椅子に腰を下ろした。

何にも考えはない。そのことについては頭は空白のままだ。というより、仕事を隠れ蓑にして考えないようにしてきた。

「私たちと別れて、その方と一緒になるつもり？」

「ねえ、母さん、僕たちもまだなんのことだか、正確に聞かせてもらえてないので、そこんところ、事実確認からお願いします」

「事実確認って、何よ」

史恵が口を尖らせた。

「先ず、名前は」

「あなた！」

「大きい声出さなくとも聞こえてる。小里くるみさんだ」

警察の取調室で訊問されている気分だ。

「歳は聞いたわよね。どこで知り合ったの」

「よく行ってたクラブ」

正確には、クラブというよりキャバクラだ。しかし、くるみちゃんをキャバ嬢と呼ばせるのはつらい。

「やっぱり飲み屋の女じゃない。何よ、大企業の研究所員なんていっちゃって」

飲み屋の女の方がキャバ嬢よりひどいかもしれない。

「アルバイトだったんだよ」

「お父さんから誘ったのよね」

「まあ、何となく」

そうでもないのだが、ここでくるみちゃんのせいにしても仕方がない。

「で、こうなっちゃったのか。避妊しなかったの」

デリカシーのない息子だ。それにお前はどっちの味方だ。

「失敗したみたいだ」

というか、あんまり考えていなかったと思うが、建前だけでもそういう言い方をしておかないと非難される。

「そのう、女の子が生まれちゃったんだから、あれしないといけないんでしょう」

「命名か」

「それもそうなんだけど、認知しないといけないでしょう」

美雪の言葉を聞いて、史恵の眉尻がキッと上がった。確かに、そういう問題にはいずれ直面する。

「そうだな」

「そうだなって他人事みたいだわ。こうやって集まってくれてるのに」

「母さん、やっぱりビールもらっていいかな」

素面《しらふ》では聞いてられないってことか、こいつ。

「好きにしなさい」


あの日、電話の後、頭が真っ白になって出てきたのが自分でも予想もしていなかった言葉だった。

「すまん。彼女に子供が生まれそうなんだ」

気が動転したのか、考える暇がないというのはこういうことなのか。言葉を選べばそれなりに言い方はあるのだろうが、咄嗟に出てくる言葉にはブレーキを掛けられない。くるみちゃんのことを彼女といってしまった。

史恵が口をあんぐりとさせた。それから空気だか唾だか、飲み込んだのがはっきり見えた。

ややあって、

「彼女……。子供……。何のこと？」

と夢遊病者のようにつぶやいた。

それから、はっとしたように日比野の腕を引っ張りリビングへ連れ戻した。

「彼女って誰のこと？　子供がいるっていった？」

「生まれそうだっていった」

日比野はやや平静を取り戻していた。というより、しらばくれても仕方がないと思いなおした。どうせ、いつかはばれることだ。一種の開き直りである。

史恵は両手で頭を抱えて、テーブルの上に肘をついた。

「どういうこと？　わかるように説明してよ」

わかるようにとは難しい注文だ。

「出会い頭の交通事故ってやつかな」

「何、いってるのか、訳がわかんない。相手は誰よ」

「それはちゃんと説明するとして、生まれてくる子には責任はないから、取りあえず行ってやった方がいいかなと」

段々開き直ってきているのが自分でもわかった。

「何いってるのか、わかってんの。女に作らせたあなたの子供が生まれるって、そういうこと？」

やや、ヒステリックになってきた。

「女の子が生まれるらしい」

史恵は無言で寝室に入り、バタンとドアを閉めた。何回か、こういう経験をさせられているが、こうなると梃子でも動かせない。

しばらくドアの前でたたずんでいたが、コトリとも音がせず、無言の圧力がかかってくるような気がしたので、家の外に出て、会社に電話を入れた。

始業前の時間帯なので警備室につながった。出て来た相手に休暇を取る旨を伝言してくれるように頼んだ。山本にも電話を、と携帯にタッチしたが途中で止めて、理由を書かずに休むことだけの簡単なメールを送った。

想定していなかったなどとはいえない事態だが、ひたすら逃げようとしていた。しかし、現実という動かしがたいものの登場には人は案外無力なものだ、などと他人事のように思えてきている自分に気が付いた。

それから、一度訪れたことのある産院に向かった。健診に同行したことがある。待合室にいる人や看護師の視線がやたら気になった憶えがある。しかし、今回は半ばやけっぱちだ。

なるべくゆっくり時間をかけて産院に到着し、受付でくるみちゃんの名前を出して尋ねると、二階の陣痛室にいると教えてくれた。くるみちゃんの父親と思われただろう。

階段を一歩一歩ゆっくり上がると、廊下の奥から呻き声が聞こえてくる。多分、くるみちゃんだろう。陣痛室の前で一瞬引いたが思い切って引き戸を開けた。ベッドが二つあって、顔一杯に汗を浮かべた妊婦と目が合った。知らない顔だ。側に男が立っていた。奥のベッドには誰もいなかった。もう、分娩室へ入ったのかと思った。そこへドアが引かれて中年の女性の後ろからくるみちゃんが大きなお腹をなでながら大儀そうにヨタヨタと入ってきた。二ヶ月ぶりだがこんなにでかくなっていたのか。軽い衝撃と何ともいえない罪悪感に襲われた。

「ダーリン」

目が合った。そしてもう一人の女性とも。その女性の目が吊り上がったような気がした。

「くるみちゃん、大丈夫？」

大丈夫なはずはないのだが。

「息子さん、今日はいらっしゃらないのですか？」

息子？　淳也のことか。一瞬、問われた意味がわからなかった。

「やだあ。お母さん、ダーリンよ。ダーリン」

くるみちゃんの母親が、不思議そうに日比野を見詰め、そしてハッとして見た。

「もしかして……、まさか」

「まさかも、とさかもないの」

古いギャグだが、それで状況が飲み込めてきたようだった。

先程までウンウン唸っていた隣の妊婦とその旦那が痛みも忘れたように固唾を飲み、成り行きを見守っている。

その空気を察したのか、くるみちゃんの母親は、

「ここではなんですから下のロビーへでもご一緒願えますか」

と促してきた。

「お母さん、ダーリンを拉致するの？」

くるみちゃんはちょっと心配そうな表情を浮かべた。日比野はうなずいてみせた。いろいろ聞かれるだろうが、父親と違って、基本的に母親は子供の味方になり、現実的な対応を採ろうと考えるだろう。この先、どういう状況になろうと、ここは母親を敵に回していいことはない。日比野にはそういう計算が働いた。

ロビーといっても、個人のクリニックなので二十人ほど座れそうな長椅子が並んでいるだけで、しかも八割ほどは埋まっていた。人から距離をおいて込み入った話ができる雰囲気ではない。

「仕方ないわ」とつぶやきながら母親はクリニックの外へ出てゆく素振りをみせた。くるみちゃんとはあまり似ていないなと、あわてて後を追いながらそんなことを考えていた。

「初産ですから、痛いでしょうけどまだ時間がかかると思います。あそこでも、いいでしょうか」

と百メートルほど先のファミレスを指差した。

淳也が自分のグラスにビールを注ぎ始めても気まずい雰囲気は当然だが和まない。缶ビールなんだからそのまま飲めよ、といいたいところだが案外、それで時間稼ぎするつもりなのかもしれない。

「で、どうなの？　お母さんと別れてそのくるみちゃんて子と一緒になるの？」

単刀直入にストレートで来た。

「もちろん、そんなことは考えてないし、お母さんに謝ったよ」

「お母さん、許したの？　そんな訳ないよね」

挑発している。

「ノーコメント。よく考えてみるつもり」

「ってことは、離婚も選択肢か。そうなると、この家はどっちが住むことになるのかな」

淳也が口を挟んだ。そんなこと、先の先の話だ。黙ってビールでも飲んでろ。この、デリカシーのないバカ息子め。

「それじゃ、今日は第一回の公判てことでこれまでね。冒頭陳述はもういいの？」

確かに日比野は被告人かもしれない。若い子を孕ませた犯罪者だな、それに家庭を破滅の淵に引きずりこもうとしている。となると史恵は検察官か、それとも判事か。すると腹違いの妹が生まれたとはいうものの、美雪はともかく、淳也は単なる傍聴人でしかない。

「後、なんか聞いておくことなかったっけ。そうそう、母子共に順調なの？」

日比野は黙ってうなずいた。

「ねえ、ねえ、撮ってきたんでしょう、見たいな赤ちゃんの写真。見せてよ。証拠写真」

美雪が嫌な言い方でせがむ。くるみちゃんの携帯に送信して、後で削除するつもりの写真がまだ残っているのを思い出したが見せる気にはなれない。

「体重、どのくらいあったの？」

淳也も空気が読めていない。

「あのねえ」

史恵がいらついた。

「名前は、お父さんが付けるの？　それとももう決まったの」

「あんたたち、いい加減にしなさいよっ」

到頭、史恵が切れた。


（赤ちゃんの名前、どうしたらいいですか）

電話の奥でくるみちゃんがうれしそうにつぶやいた。九ヶ月目に入った頃だ。

どんどん現実が津波のように押し寄せてくる。今はまだくるみちゃんのお腹が少しずつ膨れてくるだけだが、生まれてくるともう逃げるわけにはいかない。穴があったら入りたい気分というのは、きっとこういうことをいうのだろう。日比野は狭い穴に入って尻だけを少し突き出している姿を想像していた。

（ねえ、ねえ、くるみもちょっと考えてみたの。聞いてくれる？　ダーリン）

（えっ、うん）

名前か。どうしても、腰が引けてしまう。

（考えてたら、いろいろ出てきちゃって）

（どんなのが）

（まず、アムでしょう。それからミズ、ミミでもいいかな。後ね、ナギとか、サナ。どお）

響きが何となく、くるみちゃんらしい。

（どんな字を当てるの、それとも、かな書き？）

（それをダーリンに考えてもらいたいの）

（何か、いわれとか、根拠あるの）

（うーん。ダーリン、嫌がるかも）

（僕が嫌がる？）

（多分。でも、くるみ的には愛着がある）

もしかして、元彼絡みか。

（くるみちゃんがいいというなら構わないよ）

（そうなの？　アムはね、ちょっと女の子らしくないかもしれないけど、ワァムから。ワァムって知ってる？）

何語だ？　くるみちゃんは理系女子だから、いろんな科学的なことを知っている。

（わからないな）

（まあ、やわらかい虫という英語のはず）

虫。誰でも嫌がるんじゃないかな。

（研究所でそういう生き物扱ってるから、馴染みがあるし）

そういう問題ではないと思う。確かに、前に製薬会社の研究所で人間に役立ちそうな昆虫や地中の菌を育てたり、培養していると聞いたことはあるが。

（ミズとか、ミミとかはわかるでしょう？）

ミズは響きがいいような気がする。悪くない。いい漢字が当てられるかもしれない。アムよりはるかにいい。

（ミミズってかわいいのよ）

ミミズか！

（サナとか、ナギもいい感じ）

（もしかして、蛹？）

（ピンポォン）

くるみちゃんは現代の虫愛づる姫君か。生まれてくる子が友だちや先生に名前の由来を聞かれたらどう答えればいいのだ。

ミミズのミズでぇす、なんて答えたら、キモイなんて、イジメの対象になったりしてしまわないか。

（この子たちはもしかして、人類の未来を救う可能性を秘めているかもしれないの。ステキでしょう。あやかりたいの）

電話の向こうでウットリ夢想している様子が手に取るようにわかる。

午前中の店内は空いていた。通りに面した窓際のテーブル席に腰を下ろした。

「失礼ですが、くるみの相手はもっと若い方だと思ってました」

スタッフが注文を取りに来るまで、少しの間、気まずい沈黙があって、コーヒーを頼んでから吐き出すようにつぶやかれた。

「そうですよね。申し遅れました。わたくし、日比野と申します。この度は……」

「もちろん、結婚してらっしゃいますよね」

「はい。誠に申し訳ないですが」

彼女は日比野を見てフッと笑った。

「わたしなりにあの子のことはわかっているつもりです。母親ですから」

何をいおうとしているのか、母親の顔を見つめるしかなかった。

「でも、教えてくれませんでした、何にも。今回のこと。ただ、妊娠したことだけいってくれました」

そうか。何にもしゃべってなかったのか。息子と自分を取り違えられるわけだ。まあ、くるみちゃんらしいか。

「ちょっと変わった子でしょう。親のわたしがいうのもなんですけど」

変わっているといえばそうなのだが、自分的には成熟した女性が普通に持つ何かが欠落したような印象を持っている。未熟ということではないし、足りないという意味でもない。逆に彼女たちにはないものを一杯持っている。そこがくるみちゃんの魅力といえる。

「そうなんです。お堅くいいますと、価値観の違いとか、物差しが違うということだと思っています。誘われて動く子ではありません。多分、日比野さんにご迷惑をおかけしたんだと思います」

「いやいや、そうではないです。こちらこそ分別盛りの男のすることではありません。誠に申し訳ありません」

テーブルに頭をこすりつけながら、自分は分別盛りの男なのかと自問してみる。少なくとも泰然自若とした分別盛りではないと思う。そうでなければ妻子ある身で若い女の子に惹かれるものか。

その時、母親の携帯が鳴った。


くるみちゃんにいわれた駅で降りて、教えられたコーヒー店を探す。この駅はくるみちゃんの最寄り駅の一つ隣だ。

通りの角にある店のドアを押して、中を見渡した。冬至を過ぎたばかりの陽光がレースのカーテンを透かして柔らかく射し込んでいる。幅広の白っぽい帽子を被って窓際の席にいるくるみちゃんをすぐにみつけた。フランネル地の淡いクリーム色のワンピース姿で本を読んでいた。

くるみちゃんを包むまわり全体が柔らかい色調で光線が微妙に陰影をつけて、まるで後期印象派の絵を鑑《み》ているような気分になった。

「ダーリン」

くるみちゃんがすぐに見つけて手を振ってくれる。何っ、こいつがダーリンか、という周りの客の視線が気になってきて、後期印象派は吹っ飛ぶ。

「今日、会社じゃないですよね」

日比野が反対側の席に腰を下ろすなり、聞いてくる。

「いや、休暇にしたよ」

くるみちゃんは日比野の頭から下まで視線を這わす。スーツにネクタイ姿だから休暇という雰囲気ではない。だが、史恵にはいつも通り、会社に行ったことにしているのだから仕方がない。

「ありがとう、ダーリン」

テーブルの下に隠れて、くるみちゃんの大きなお腹は見えない。

「ええと、予定日はいつだったかな」

「四月八日。この前にメールしたっしょ」

くるみちゃんからのメールはその都度、削除しているので、記憶は曖昧になっている。

「そうだった。花祭の日だった」

「花祭って？」

「お釈迦様の誕生日だよ」

「あら、そうなんだ。仏陀と同じ日ね。いい日に生まれるね、この子」

とお腹をさする。

「お母さん、摩耶《マヤ》夫人でしょう。仏陀は腋の下から生まれたっていう話だけど、無理があるな」

妙なところに詳しい。

「そうなの」

日比野は知らなかった。

「でも、考えようによっては一種の帝王切開だったということも、ありか。なるほど」

勝手に感心している。四月八日は飛んでしまったみたいだ。

「時間はいいのかい」

「そのコーヒー、早く飲んで行きましょ」

古女房のようにせかす。

行き先は、レディースクリニック。早い話が産婦人科。昔風にいえば産院だ。一週間ほど前にくるみちゃんから電話があって、次の健診日に一緒にクリニックに行ってほしいという。

（お母さんには付いてきてもらえないの）

（僕は、いいんじゃないかな）

とその時、いろいろな意味で軽率、且つ無責任な言い方をした。考えようによっては、勝手にそちらでやってくれよ、という風にもとれる印象を与えてしまったし、それから、既に二人も子供を作った実績がありながら、最近の出産事情に疎かったこともある。

（次はね、出来ればパパさんと一緒に来てくれっていわれているの。お願いします）

そういう声は、パピルスのみるくちゃんでもなく、大手製薬会社の研究者でもなく、完全に母親になろうとしている響きを持っていたのだが、日比野は腰が引けている。それでも悩んだ末に日比野は最低限の義務は果たさなければならないと感じて休暇を取ってきたのだ。


母親は携帯を耳に当て、うなずいた。

「いよいよ生まれそうな陣痛が始まったようですわ」

と、いいながら立ちあがった。ついに来るものが来たという感じだ。

「一つだけ。二人のこと、どうなさるおつもりですか」

いきなり、核心だ。

「……」

釣られて浮かしかけた腰が途中で止まる。無論、予め想定してそれなりの答えは考えていたつもりだが、それを口に出してしまえば、不実というか、事務的というか、いずれにしても満足してもらえる返事にはならないはずだ。

「いい年になって独身のままでいてくれても困るんですが、かといって若い身空で乳飲み子を抱えても可哀想なんです。やりたいこともいろいろあるだろうに、と思いますとね。とにかく、生まれてきたら、あの子に考えさせましょう。相談に乗ってやって下さいね」

そういう母親はどう見ても、日比野より年若い。日比野は、あわてて頭を下げて伝票をつかんだ。

　クリニックに戻ると、くるみちゃんはもう分娩室に入ったとのことだった。

「一緒に立ち会われますか」

と母親から聞かれたのだが、日比野はさすがに辞退して、彼女だけ中に入ってもらい廊下の長椅子に座っていると、くるみちゃんの悲鳴のような喚き声が廊下まで遠慮なく流れてくる。史恵の場合は二人共、実家に近い病院で分娩し、生まれてから駆けつけたので、出産のタイミングに臨場したことはなかった。

　くるみちゃんの声に耳を覆いたいのだがそうもいかない。人の目がある。天井に睨み付けるような視線を向けていると、一階から看護師が上がってきた。

「小里さんのご家族の方ですか」

と聞いてくるので、家族には違いないなと思いながら返事をすると、

「お父様、お部屋で待たれてはいかがですか」

と勧めてくれた。多分、くるみちゃんの父親と間違えたのだろうが、この際構わない。部屋の番号を教えてもらい、円弧状の廊下を通って、一番奥の部屋に入った。

　ビジネスホテルのシングルルームのような感じで、薄ピンク色が基調になっていて清潔そうだ。大きなビニールバッグともう一つ、普通サイズのバッグが部屋の隅に置かれてあった。

　ここなら、くるみちゃんの苦しそうな声も聞こえてこない。しかし、何となく居心地が悪い。自分は何をしているのか。非日常と自分に言い聞かせられない。因果応報、因果応報と念仏の

ように唱えた。そして、はたとくるみちゃんの大きなお尻を思い出し、安産、安産と祈った。

一時間くらい経った頃、部屋がノックされた。先程、部屋に案内してくれた看護師が顔をのぞかせた。

「おめでとうございます、元気な女の子ですよ」

と我がことのように顔をほころばせてくれた。

そうか、とうとう生まれてしまったかと思ったが、それは顔に出さない。

「ありがとうございます。お世話をおかけしました。体重はどのくらいでした」

「三、三三〇グラムでした。立派な赤ちゃんですよ。お母さんも元気です。もうしばらくしたら、見ていただけます。お待ち下さいね」

そういってひっこんだ。入れ替わるように、母親が白衣にマスクを付けてやって来た。

「生まれましたよ。元気な女の子」

「三、三三〇グラムだったみたいですね」

「そうなの。立派。立派」

マスクをあごに掛け、相好をくずした。

「母子共に安泰。あの子も大したものですわ」

「よかった。一安心です」

「ほんと。のぞいてみます？」

すこしビビりそうになるが拒否するわけにはいかないだろう。

「もうちょっと待つようにいわれましたが」

「平気、平気。出産に立ち会う人だっているんだから」

母親に案内されて、ドアを入るともう一つドアがあって、その前で手の消毒をさせられ、マスクと白衣をつけさせられた。

奥のドアを入ると看護師が三名ほど立ち働いていて、トレーに放置された真っ赤なガーゼが目に飛び込んできて、日比野はギョッとした。だいぶ出血したのではないだろうか。

「小里さん、お父様ですよ」

間違えるだろうな、やっぱり、と思っていると奥の方のベッドでくるみちゃんが眠そうに目をあけた。

「ダーリン。いてくれたんだ。ありがとう」

その言葉に看護師たちが不思議そうな視線を一斉に向けてきた。

「お疲れさん、大変だったね。無事、生まれてくれたようだね」

「ほんと、痛かったんだから。でも、あそこまでしないと生まれてこれないって、赤ちゃんも大変」

と首を左に振りながら笑みを浮かべた。その視線の先に赤ん坊がいる。自分の三人目の子供が生まれたというより、この歳で生まれてきたせいか、孫ができたような奇妙な感情だった。自分と血がつながっているという不思議な連帯感もあった。可愛いのか、そうでないのか、近寄りのぞき込みながらそんな気持ちを持て余していると、

「ダーリンに似ているよね。女の子は父親に似るっていうし」

それは思い込みだろう。赤味を帯びて腫れぼったい瞼を閉じているが、生まれてしばらくは日替わりで表情が変わると聞いている。

「ねっ、お母さん」

「そ、そうね」

母親は決して納得はしていない様子だ。むしろ、日比野に似てくれていない方がいいと思っているのかもしれない。なんとなく居心地の悪さを感じながらくるみちゃんと赤ん坊の顔を交互に見る。

しばらくして、くるみちゃんがお包《くる》みの子供を抱かせてもらい、ご満悦の表情を浮かべたのを写真に収め、「お父様もご一緒に」とあまりありがたくない申し出も受けて全員での写真も撮ってもらった。それから一段落したのを見届けて分娩室を出ることにした。

「名前を早く決めてあげてね」

というくるみちゃんの声が背中に追っかけてきた。

駅に向かう道々、今朝からの情景を思い出してみた。一つ、確かなことがあった。くるみちゃんの安堵した顔を見た時、何ともいえない感情が湧いてきたことだった。

それはくるみちゃんの自分に対する愛は本物だということだ。まごうかたなく一点の曇りもない真正の愛なのだということだ。

日比野は崖っ縁に立たされていることをはっきり自覚した。もう後戻りはできないのだ。

正直、遊びとは思っていなかったが、くるみちゃんの気持ちはそれでも愛などという感情からは遠いものだと思い込んでいたのだ。そうではなかった。むしろ、日比野の方が安易な考えで、いずれははっきりさせなければならない問題を先延ばしにしていたのだ。

駅に着いてみても、会社に出る気にはなれなかった。もう二時を回っている。かといって、このまま家に戻れば、多分、史恵の厳しい追及をもろに受けるだろう。理論武装する必要性を感じた。

こんな時は、とにかく知恵を仕入れるに限る。山本の携帯に電話すると、

(只今、電話にでることができません。御用の方は……) という無情なアナウンスが流れてくる。仕方がない。カードを出して改札を通る。階段を上りながら、行き先を決めないまま電車に乗ろうとする自分が哀れで、すごく滑稽に思えた。自分のいい加減さや無責任さで自己嫌悪に陥る。穴があったら入りたいというのは言い得て妙な喩えだ。

電車がホームに到着するという放送にあわてて後ろに下がった。その時、携帯が鳴った。山本からだ。地獄に仏だと思いながら応答キーにタッチする。

(電話くれた?)

のんびりした山本の声が電話の向こうから届く。雑踏の中から掛けてきてくれているようだ。

(ああ、ごめん、ごめん、今、大丈夫?)

(大丈夫。今日、休んでるんだろう。どうした)

電車が指定の位置に停車して、中から人が降りてくる。さらに一歩下がりながら、その電車は見送ることにした。

(ちょっと、相談したいことがあって。今夜、時間ない?)

(今夜か。夕方、一件、用事済ませてからでいいかな。また電話する)

(いいよ。悪いな)

(どうした? 急用か、ややこしい話か)

(子供が生まれたんだよ、とうとう、やっちゃったよ)

と自嘲気味につぶやいた。山本だけにはくるみちゃんとの間に子供が出来て、産む意志であることも前から伝えていた。

(そうか、生まれたか。お釈迦様と同じ日だ。おめでとうっていうべきだな。どっちだ?)

山本にいわれて気が付いた。そうだった。予定日にドンピシャで生まれてきたのだ。日比野は忘れていたというより、そんな日が来ないよう無理に忘れようとしていたのだ。ますます自己嫌悪に陥るようだった。

(女の子だよ)

(そうか。母子共に安泰か)

(ああ)

(それはめでたい。めでたい。今夜は乾杯だ。じゃ、時間ないので、詳しい話は後で。電話する)

電話は切れた。他人事だと思って単純に喜んでくれているような気がしないでもない。多分、味方には違いないだろうから、まあいいかと日比野も携帯をしまった。

さて、これからどうする。間がもたないからと、このまま家に帰るわけにはいかない。結局、休暇キャンセルした間の抜けた顔でショールームへ行くしかないかと思う間もなく足は勝手にそちらへ向かっていた。


ショールームには上村さんがいた。

「あら、マネージャー、今日はお休みじゃなかったんですか」

「うん、そうなんだけど用事が早く終わっちゃったから寄ってみたよ。濱中さんらは？」

「来客予定がないので、幕張へお手伝いに」

「そうか、そうか。そうだったね」

幕張で開催されている展示会に一日だけの約束で駆り出されていたので、ショールームは開店休業状態だ。

「一人で大変だろう」

自分の席に腰を下ろして入れてくれたコーヒーを飲んでいると、昼を食べていないのに気が付いた。山本と合流する前に腹ごしらえでもしておくかと考えていると机の電話の前にメモがあるのが目に留まった。

（おざと様からお電話がありました。忘れ物をされたとのことです）と上村さんの字で書かれている。

「これは？」

とメモを取り上げた。

「あっ、そうなんです。おざとさんという方からお電話ありました」

くるみちゃんか、それとも母親か。しかし、会社の番号はくるみちゃんも知らないはずだ。

「名刺入れをじんつう室にお忘れになっていましたので、てことでした。じんつう室てどこなんですか？」

あわててポケットを探る。ない。陣痛室で母親に名刺を渡した時に置き忘れたのだ。やばい。冷や汗が流れたような気がする。名刺には、表側に本社とここのショールームの住所と電話番号、裏に他のショールームの番号が載っている。

「知り合いが出産するというんで、今朝、行ってきたんだ。若い人だった？」

「いいえ、年配の落ち着いた感じの女性のようでした。じんつうって、その陣痛なんですね」

母親か。

「お嬢さんてことないですよね。すみません」

何となく好奇心で上村さんの胸が膨らんでいるような気がする。

「まさか、娘はまだ結婚もしてないよ」

いってから気がついた。くるみちゃんだって結婚はしていないわけだ。

「名刺入れなくて、大丈夫ですか？」

「うん。まだ、机にストック入っているし、大丈夫」

その話はそれで終わった。しかし、場内を一回りして席に戻ってくると、

「赤ちゃん、生まれたんですか?」

と聞いてきた。

「生まれたよ」

「どちらでした?」

「女の子だった。三、三三〇グラム。憶えやすいよね」

少し口が滑ったかもしれない。

「立派な赤ちゃんですよね」

「確かに」

どう見ても、上村さんの顔は腑に落ちない表情だ。身内でもない知り合いの出産に陣痛の時から見舞いにいくのは変に思われるかもしれない。普通は生まれてからいくだろうと思っているに違いない。

まあでも突っ込みはそこで終わった。展示会のせいで、営業もショールームには客を送りこんでこないし、電話も少なかった。そろそろ、ショールームを出ようかとしているところに史恵からメールがきた。

(今夜は食事いるの?)

いらない、と返信すると、

（生まれたの）

ときた。

女の子が無事生まれた、と送ると、もうメールは返ってこなかった。

向こうからメールが来たことを考えると、大噴火はとりあえず収まったものの小噴火は収まらず、噴火に伴う余震は今後も続くものと思われるなんて火山情報のような感じになっているのだろうと思う。

史恵はこういうことにはシビアな女で、単身赴任中も随分と探りを入れられ、チクチクとやられたのだが、彼女にしたらやっと帰ってきたのに何で今さら、というところかもしれない。

うどん屋に入って軽く空腹を満たした後、スタバで山本からの連絡を待つことにした。今晩、帰宅してからが憂鬱だ。それを想うとコーヒーがことさら苦く感じる。

喚き騒いでくれれば、その方が却って気が楽になるかもしれない。しかし、史恵はそういうタイプではない。切れ味は剃刀ほど鋭くないが、最後はズンと物をぶった切る。物の見事に、鉈のように。そういう女だと思っている。

窓際のストゥールに座って、カウンターに肘をついてぼんやり外を行き交う人や車を眺める。この人たちはこういう悩みなんかないよな、と思ってみたりする。いやいや、悩みくらい何かはあるだろう。

気が付くと、窓の外から手を振っている人がいる。上村さんだ。この通りはショールームからの帰り道にもなる。

日比野が手を振り返すと、すぐに中に入ってきた。

「お一人ですか、それとも待ち合わせですか？」

「山本と約束してるけど、それまでの時間つぶしだよ」

「じゃ、ちょっとご一緒していいですか」

何となく嫌な予感がしたが、うなずいた。

コーヒーを買いに行って戻ってくるなり、

「マネージャー、今日、何か変です。どうしたんですか」

やばい。心の動きを見抜かれているかもしれない。何といったって、彼女は神谷工場長の孫娘なのだ。祖父譲りの鋭い観察力を備えているのかもしれない。

「一言でいって、来られた時から目が泳いでました」

そうか。そうかもしれない。気持ちもふわふわしていた。

「それに」

「それに？」

日比野はぬるくなりかけているコーヒーをグッと飲み干した。

「電話の件、お伝えした時、これは嘘だなと思いました」

「嘘って」

いささか心外である。くるみちゃんはそれ以上のものであるが、知り合いであることに違いはない。

「知り合い以上のもっと大事な方だったんでしょう?」

うーん。確かに工場長の資質をしっかり受け継いでいる。推測は確信に変わった。そうなると、順番として、次は検察官に変身することになる。

「まさかとは思いますが、奥様ってことはありませんよね」

と彼女はじっと日比野をのぞき込むようにする。好奇心というより、絶対に真実を明らかにせずにはおかないという自信満々の目付きが鋭くなった。

「家内が……」

絶句した。それこそ、まさかだ。史恵の超マル高出産なんて。的を狙ってきたミサイルの軌道が大きく逸れてくれたのを感じた。

「違いました?」

首を振った。

「ははは……」

弱く笑うしかなかったが、そっちの方がよかったかもしれないと思った。

「すると」

上村さんは軌道修正にかかった。

「いいじゃないか。追及しないでくれよ」

うっかり放ったこの一言が命取りになった。神谷工場長とのやりとりが蘇った。わざと的を外すようにして安心させ、敵失というか、こちらの失点を引っ張り出すのだ。

「追及しないで、ですか」

しっかり、検察官に戻っている。

結局、この後、今朝からの行動を自白することになってしまった。こうなれば、いっそ、彼女の善意頼みでこちら側に引き込もうという計算もあったが、下手をすれば女の敵と糾弾されかねない。一つの賭けに出た。

しかし、上村さんは日比野の話を感に堪えないという面持ちで受け止めてくれ、史恵との関係が悪い方向に進まないようにと願ってもくれた。もちろん、このことは一切他言しませんよ、という言質つきで。


「結局、しゃべっちゃったのか、式神のお孫ちゃんにも」

山本と会えたのは七時半を回っていた。いつもの寿司屋である。相談する内容が二つに増えていた。

「名刺入れを忘れてきたのがそもそも問題なんだ」

「ばれた話は枝葉末節のことだ。そんなことより、史恵さんにはどう説明するつもりなんだ？まさか、史恵さんと別れてみるくちゃんと一緒になるなんてことじゃないよな」

「ない。そこが問題なんだよ。だから相談してるんじゃないか」

「悪いが、理想的な謝り方も解決策もないとオレは思うけど」

山本は冷酒のグラスを呷《あお》った。

「つれないな」

日比野もグラスを呷る。

「まあ、強いていえることは、正直に謝ることだ。正直に。ただし、気を付けないといけないのはあまり正直すぎると、却って逆効果を生むこともある。あとでそれはいわなきゃよかったと悔やむことになるからな」

新鮮な赤貝の刺身をうまそうに口に入れた。

「難しいことをいうな。嘘をついてもいけないが、正直すぎてもダメ、ということだな」

「難しくはない、決して。ただ、先ず、史恵さんの女としてのプライドを絶対に傷つけるようないい方はしないこと。それに賢くずるく自分を演じないようにしないといかんな」

「それは？」

難しくないことはない。かなり難しい。

「そういう時の女の真の怒りの矛先はダンナではなく、相手の女に向けられているからさ。それを絶対、忘れないようにしないと。もちろん、お前にも怒っているのは間違いないが、お前はうまくみるくちゃんに騙されたことにするんだ」

矛先は、みるくちゃんだったくるみちゃんに向けられるのか。

「なるほど」

「だから、騙されやすいこんな僕は本当にバカでした。考えが足りませんでした。僕は行く所のない哀れな孤児《みなしご》ハッチなんです、助けてくださいというんだ」

それではくるみちゃんが可哀想になってくる。

「そこまでいうのか。クサすぎないか。それにお前、面白がってないか」

「オレは大真面目だ。最後は史恵さんの母性に訴えるんだ、そこが肝腎だ。女は理屈では納得せんからな」

それは何となく理解できる。

「話が収まりそうになったら、史恵さんに何か買ってあげる。それが仕上げだ」

「何か、買ってやらないといけないのか」

「当たり前だ。浮気の代償は高く付く。最後は物だ。ゆめゆめ、謝るだけで済むと思うなよ」

山本がニヤリと笑った。ご高説を垂れてくれているが、どうも、山本も経験があるのではないかと思えてくる。

「わかった。いろいろ大変だな」

「当たり前だ。そのくらいの覚悟がないと浮気はできん。そう、心得ろ」

山本は偉そうにいって締めくくった。

「子供はどうするんだ。うちは子供がいないから養子にもらってやってもいいが、五十過ぎたバア様に初めての子育ては無理だろうな」

それは間違いなく無理だろう。

「くるみちゃんはシングルマザーでいくつもりのようだ。そういうことには寛容な会社みたいだから。これから相談に乗ってやらないといけないし、経済的にもな」

「先ずは史恵さんだ。それと、肝腎な話だが、きっかけはオレにパピルスに誘われたからだなんて下手な言い訳してオレを悪者にするなよ、絶対に」

と山本は抜かりなく釘を刺すことも忘れなかった。

上村さんにばれてしまったので、社内対策も相談したかったのだが、そのことは又にしようと思い、パピルスに出産報告に行こうという酔っ払い始めた山本の誘いはさすがに断り、家路に就いた。


その晩、帰宅して史恵に土下座まではしなかったが平身低頭して謝った。山本の話を意識しながら事の成り行きを少し端折《はしょ》り丁寧に説明したつもりだった。

史恵は終始、横を向いたままだったが、単語的な発言の中から感じられる怒りは二つあるようだった。

一つは隠れて浮気をしていたということ。史恵には子供が出来て生まれた事実は結果論でしかないようだった。くるみちゃんへの怒りはまだ見えない。

もう一つは、単身赴任中もばれていないだけで、そういうことをやり、もしかしたらまだそれも続いているかもしれないという新たな疑惑が出てきたこと。

二つ目については、女房妬くほど亭主持てもせず的な比喩で言い訳しようとしたが、この男は陰で何をやるかわからないなという険悪な表情を浮かべたままの史恵には火に油を注いでしまうと思い、やめた。

史恵は無言のまま、口をへの字に曲げている。

日比野は謝るべきところは謝ったと思い、史恵へのお詫びの品をどういうタイミングで申し出るものかへと考えを移し始めた。それとも向こうからいい出してくれるだろうか。

しかし、怒りがそのくらいの線で収まってくれればいいが、下手をすれば、あっさり、じゃ、離婚しましょうかといいかねない。暗雲が頭の隅から急速に広がってくる。

「それじゃ土曜日にでも家族会議しましょう」

（かのん、てどういう字ですか。それとも仮名書きですか。いわれか何かありますか）

電話の向こうからくるみちゃんの眠たげな声が聞こえてくる。出産から七日目で退院して母子ともすこぶる元気らしいのだが、三時間置きの授乳でくるみちゃんは睡眠不足になっているらしい。

花音という名前を伝えた。くるみちゃんお薦めのサナとかナギもいいのだが名前にするだけのインパクトに欠けると思った。

（この子はこんがいしなので、くるみが出生届出してきます。だから、早く名前決めてあげないと。お願いしますね）

こんがいしという聞き慣れない響きの言葉の意味が初めわからなかったが、婚外子のことだと知って、生まれて来た子は自分たちのせいで、人生の初っ端からハンディを背負わされているんだと日比野には不憫な思いが募った。そうなると、さすがに名付けを真剣に考えざるを得なくなったのだが、いいのが思いつかなかった。


美雪にしつこく迫られて、とうとう、削除し兼ねていたメールに添付してあった赤ん坊の写真を見せた。くるみちゃんから頼まれて撮った出産当日の写真だった。

「ほら、やっぱり可愛いね」

と美雪は淳也にも見せている。二人には年の離れた腹違いの妹になるのだが、どんな気持ちで眺めているのだろう。

「お父さんに似てるかしら」

「どうかな? 生まれたてだから変わっていくんじゃないか。そう聞いたけど」

淳也はちらっと見ただけだ。史恵は横を向いたままだ。

「そうだね」

といいながら、美雪は日比野の携帯をいじっている。

「もう、いいだろう。携帯返してくれよ」

「ちょっと待って。……あっ、これこれ。この子がくるみさん?」

(何っ?)

取り上げようとした携帯に、赤ん坊を抱いた病院着のくるみちゃんがニンマリと納まった写真が載っている。

（あちゃ）

その日の午後に送って来ていたくるみちゃんからの写真が添付されたメールを削除するのを忘れていた。

日比野が伸ばした手を押さえて、淳也ものぞきこんでいる。

「意外に若い」

史恵がピクッと眉を動かしたような気がした。

「本当」

「誰かに似ていない？　小顔であごの尖っているところ」

「もしかして、初音ミク？」

（誰だ、そいつは）

「そうそう、それ。親父、やるじゃん」

史恵は聞くに堪えない成り行きに苦い物を飲み込まされたような顔をして立ち上がり、寝室に入り込んでしまった。

かくして、原告の公判放棄により、第一回目の家族会議は閉廷した。

日比野は初音ミクをネットで調べた。

（なんだ、バーチャルアイドルではないか）

でも、淳也がいうように何となく雰囲気は似ているような気がした。その時、閃いた。名前はかのん。花音にしようと。

何たって、義理堅く予定日の花祭に生まれてくれたわけだし、くるみちゃんがそのアイドルに似ているという初音の字を取り、花音で決まりだ。

（いいじゃないですか。かのんという響きもいいし、くるみは知らないけど、似てるっていわれたそのアイドルの字を使うのもいいと思います。明日、届を出しにいってきます）

健気にくるみちゃんはいってくれたものだ。


出社すると、羽島専務室に呼ばれた。廊下を歩きながらその理由を考えた。少なくとも、変な話ではないだろうと推測した。くるみちゃんに日比野の子供が生まれたことは幸い、社内で噂になっていないと思う。山本や上村さんがしっかり日比野との約束を守ってくれているようだ。

「知ってるよな、ニューヨークにショールーム開設する話は」

「何となく聞いています」

「その開設準備室の設置が、昨日の役員会で正式に決定した」

「決まったんですか」

「ああ。それで準備室の室長を君にやってもらいたい。内示だが、次の役員会で承認を取り、正式発令するので、そう心得ておいてほしい」

ロジェスターとの共同開発品が大筋合意し、現地で主力として展開したい製品も固まったと羽島専務は説明してくれた。日比野も関係している野崎中心でまとめた商品コンセプトもすったもんだしたが、形になりつつあるのは知っていた。

（いよいよ、本格的に動き出すのだ。自分は何をすればいいのだろう）

専務室を出ながら考えた。関西工場への異動の内示をもらった時もそうだったが、少し、頭が混乱し考えがまとまらなかった。ただ、関西工場の都井から聞いていたことがこれだったのだ。あいつの情報はやはり正確だった。

しかし、青天の霹靂とまではいかなかったがショックなことには違いない。海外が絡むというのが気が重い。

準備室には野崎と、意外にも上村さんが加わるとの話も聞いた。海外販売部門からも若手が二名入るとの話もあった。

内示とはいえ、野崎主任や上村さんから電話が入った昼過ぎには準備室開設の話は社内に広く知れ渡ることとなった。本来なら、上村さんの内示は上司である日比野が伝達することになるのだが、日比野自身が異動の対象になっていたので、総務人事部で行われたようだ。

（又、マネージャーと同じ部署です。よろしくお願いします。うふふ、です）

いささか、意味深なメールも上村さんから届いた。

図らずも野崎と同じ職場になったことへの思惑か、それとも日比野に子供ができたことを内緒にしておくことへの連帯感のせいなのか、あるいは両方なのか、わからなかった。

山本からも電話が掛かってきた。

（ニューヨークへショールームを出す準備室か。公私ともに忙しくなってきたな）

（どうして、オレなんだ？）

（知らん。まあ、いいじゃないか。いずれは海外勤務か。しばらくアメリカへ行ってこいよ）

（他人のことだと思って、気楽にいってくれるよ。それに準備室だからって、即、海外勤務になるかどうかはわからん）

（英会話できるんだったっけ）

（もちろん、出来るわけないだろ）

（だめか、駅前留学したらどうだ）

（ったく）

（みるくちゃん、どんな調子？）

（母子共に順調だ。初宮参りに行くといってきたが行きたくない）

（そうか。行ってやれよ。子供に罪はない。史恵さんはまだ怒ってるのか）

（ろくに口もきいてくれんよ。毎日、家に帰るのがいやになる）

（身から出た錆だ。そうだ、いっそ、宮参りに史恵さんも誘ってみたらどうだろうな）

（なんてことをいうんだ。火に油を注ぐようなものだ）

（そうでもないかもしれん。まあ、いわば正室と側室の御目見得だ。史恵さんは正室だという自覚にもなる）

（何をバカなことといってんだ。殿様じゃないんだ、オレは）


しかし、くるみちゃんに冗談半分のつもりで相談したら、大歓迎ですというので、ものは試しと帰宅して恐る恐る切り出したら、史恵はあっさり承諾した。

「いいのか」

「いいわけないでしょう。でも、これとそれとは別。生まれてきた子には罪はないでしょう」

と山本みたいなことをいった。史恵は人間が大きいと思った。

「前にもいったでしょ。うちの母親が自分の父親の顔も知らず、膝の上に乗せてもらったこともなかったと」

日比野は詳しい事情を知らないが、史恵の祖母は結婚しても入籍してもらえず、娘が生まれてもそのまま別れてしまったのだと聞いている。

「子供の頃はさみしかったらしいよ」

「そうだったか」

「だから、記憶は残らないかもしれないけど、ちゃんと父親にも祝ってもらったという証拠は残してあげておかないと。写真とか、ビデオで残るでしょう」

「そうだな」

「私は立会い人として行くわ。そうでもしないとあんたはそういうことにはいつも逃げ出してしまう人だから」

「おいおい」

史恵にあんた呼ばわりされたのも初めてだが、及び腰になっているのを突かれたのは痛かった。

「掛け着はどうするの」

「掛け着って」

「抱っこして上から掛けてあげるやつよ。忘れたの。いい加減ね」

日比野はなんとなくイメージが湧いてきた。

「あれな、あれ。お袋が初孫で気張って、美雪に送ってくれたな」

遠い昔の話である。

「お義母さんがプレゼントしてくれた。可愛い模様だった」

「レンタルするか。それとも、向こうで用意してるかな」

「だから、美雪のを使えばいいのよ」

「えっ、まだ、残してたの？」

「処分するわけにはいかないでしょ。お義母さんからいただいたもの。和服のクリーニングに出しましょう」

なんとなく、史恵主導になって初宮参りの日を迎えた。

場所は愛宕神社。二人にしかわからない思い出の場所だ。もちろん、史恵はそんなことは知らない。くるみちゃんが自分で探してきたと思っている。

日比野と史恵は境内でくるみちゃんたちと待ち合わせた。史恵は朝から予約した美容室に行き、しっかり着付けもしてもらっている。気合が入っている。誰かの結婚式に出るかのようだ。

「どうしたんだ、その着物」

「レンタルよ」

お召しというらしい。日比野はいつもの通勤スーツ姿だ。

女坂をくるみちゃんが花音を抱いてゆっくり登ってきた。連れは母親だけだ。父親らしき人はいない。日比野はこれまでくるみちゃんの父親のことを聞いたことがない。というより、それを避けていた。どうせ、自分と同じ年格好のはずだろうし、聞きづらかった。くるみちゃんもあえて話題にすることはなかった。

今日は都合がつかなかったのだろう。そう思うと同時にほっとした。こんな場面でくるみちゃんの父親と顔合わせしたくなかった。

史恵はくるみちゃんに鋭く視線を飛ばしたが、くるみちゃんはふわっと柔らかく受け止め軽く頭を下げた。向こうの母親に飛ばした視線の方がきつかったかもしれないが、会釈をしてすぐに花音のもとに寄っていった。

「可愛い。ほんとに可愛い」

孫を見るような顔付きになった。一ヶ月ほどになった花音は薄曇りの下で眩しいのか眠そうに眼を閉じている。

「そうか。そうか。上手くいったんだな。オレがいった通りになっただろう」

そういいながらも山本は少し拍子抜けしたような顔付きになっている。思ったより、ことが上手く運び過ぎたせいだろうか。

「まあ、お前も思いつきでいってくれたんだろうが、結果オーライ。助かった」

「思いつきではないが、それもこれも史恵さんのお陰だろう。俺やお前のせいじゃない」

「まあ、そうだ」

皆で撮った初宮参りの写真を見せる。手鞠と花をあしらった掛け着姿の花音を抱いて幸せそうなくるみちゃんを中心に、日比野たちは祖父母のように畏まって写っている。

「いいね。みるくちゃん、お母さん顔だ。オレもかすみちゃんに頼んで子供、作ってもらおうかな」

「やめろよ。それはそうと、あいつがくるみちゃんとあれからＬＩＮＥ始めちゃってさ」

「史恵さんが、ＬＩＮＥ」

「それが、くるみちゃんから御台様《みだいさま》って呼ばれてるらしい」

「なんと」

山本は笑い出した。

「大奥じゃないんだ」

「オレがいった通り、住み分けに成功したのかもしれんな。で、史恵さんは何て呼んでるんだ」

「くるみちゃん、時にくるみの方。御台様とは誰かが知恵を付けたんだろうか」

山本は腹を抱えて笑い転げている。

「もしかして、大奥好きのかすみちゃんかもな」

山本は相変わらず通っているようだが、最近、日比野はパピルスにはとんとご無沙汰である。

「かすみちゃんにさ、正室だとか、側室だとか話したら、エライ面白がって。電話したんじゃないか」

「かすみちゃんはみんな知ってるのか」

「オレが何でもかんでもベラベラしゃべっているわけじゃないぞ。連絡取り合ってるみたいだからな。それより、御台様のご機嫌は麗しいのか」

「麗しいわけはないが、少し変わってきた。オレの知らない花音の写真も持っている。送られてきてるみたいだ」

「ほほう」

「あいつはオレのこと、最近は女の敵みたいなことをいう」

「いいじゃないか、女の敵で。まあ、頑張れ」

寿司屋の親父っさんがカウンター越しに日比野たちの話をニヤニヤしながら聞いていた。

一ヶ月して、正式辞令が下り、準備室がスタートした。場所は本社二階の海外販売部の片隅が割り当てられた。パーティションで仕切られ、人数分だけのデスクが並べられた狭い一角であった。海外販売からは片桐、今本の二人がやってきた。日比野の知らない若手だ。

一年後の開設を目指して、コンセプトをまとめ、三ヶ月以内にロードマップを作成するように担当役員の宮原常務から指示されていた。商品構成や販売戦略、それにロジェスターとの提携メリットを具体的にどう扱うかはこれまでにプロジェクトで大体まとめられているので、それらを整理し提案していくのが当面の任務であるらしかった。役職者は主任の野崎と日比野だけなので、野崎にチームとして上手く若手をまとめていくように指示を出した。

「どうも、僕は人をまとめるのは苦手です。これまでも開発中心でやってきましたので」

早速、野崎が弱音を吐いた。

「だって、君がこれまで手掛けてきたものは全て使ってくれる人を相手にしてきたものばかりだろう。そのつなぎをしてくれるのが、上村さんや、片桐、今本君らだ。いわば彼らはカスタマーの代弁者だ。いうことにじっくり耳を傾け、君の考えもいう。それでいいと思うがね」

そういっても、愁眉を開かない。うまくフォローしてやるしかないだろう。上村さんの方は何だかウキウキしているようで、テンションが高い。野崎と一緒の職場になれたのもその一因かもしれない。

片桐と今本は良くも悪くもゆとり世代で、日比野から見ればかったるいような気もするし、これまでの業務も一部持ち込んできているので、動きが悪い。

日比野らがいたショールームも噂通り、本社ビルの一階に一年以内に移転することが決まり、総務の戸部主任が担当者となった。日比野が受け持っていた首都圏の他のショールームはそれぞれの所管の営業所長が当面、兼務することになった。

ニューヨークも含めて、ショールームのコンセプトを統一していくことになり、日比野らが中心になってまとめ上げたものが基準になっていくようで、正直、気が重くなる。自分の柄ではないとも思うが仕方がない。


そんなことがあって、初宮参りの後、日比野がくるみちゃんと花音に逢いに行けたのは一月以上も経っていた。

花音は一月で随分人間らしくなってきた。くるみちゃん親子とは駅前のデパートの喫茶室で逢った。

「御台様のお許しが出ましたか」

とくるみちゃんが笑いながらいう。

「一ヶ月に一回くらいならと」

「心寛《ひろ》き方です」

と感心してくれているが、出がけに「花音ちゃんの横でエッチでもしてくれれば」と嫌味をいわれてきたことは口に出せない。

「ね、ね。花音ちゃんにトライスターあるの知ってました?」

「トライスター?」

飛行機のことではないか。

「ほら」

くるみちゃんに抱かれている花音の産着の左側を少し開いた。

左の首筋に小さな黒子《ほくろ》がいびつな逆三角形状になっていた。

「きっと……」

くるみちゃんは夢見るような表情を浮かべて、

「機動戦士ガンダム様が花音の守護神になってくれてるんです。頼もしい」

とその時、訳のわからないことをいったのだが、後で淳也にガンダムにはそう呼ばれる戦士のキャラクターがいるのだと教えられた。


準備室の業務は思っていたよりハードなものだった。ルーティンの部分はほとんどなく、一からやり起こさなければならないことばかりだった。極論すればすべてのことに日比野が一々判断を下さなければならず、又、それを上にお伺いを立てなければならなかった。

それに時間が限られている。問題はアメリカでの橋頭堡となるショールームのコンセプトをどうするかだった。ロジェスターに飲み込まれるな、うちらしさ、ひいては和の文化の展開でいけ、というのが何となく全社の総意になっている。

日比野は社内のそういう空気を読んで旧日本軍のスローガンを思い浮かべてしまった。相手の実力を確かめもせず、猪突猛進してもそれこそ玉砕するだけだ。

だから、議論は若手に任せて、自分はあまり口出しをしないつもりでいる。若手が決めてきたことをきちんと上へ上げて通してやるのが自分の務めだと思い始めている。

　ロジェスター製品の評価もしっかり押さえておく必要がある。独りよがりではならない。わかっているようでわかっていないアメリカ人のライフスタイルをしっかり把握しておくことも大事だろう。

　コンセプトがまとまれば、それに必要な商品開発や、現製品の改良に着手する必要がある。もたもたしている時間はなさそうだ。胸苦しさを覚えそうになってくる。

「アメリカ人のことはアメリカの調査会社に頼む手があります」

「そんなこと、ロジェスターに聞けばわかるんじゃない」

「日本に来る外国人は日本文化に憧れているわけだ。輸出出来そうな文化をライフスタイルに押し広げなくちゃ」

　そんな侃侃諤諤《かんかんがくがく》の議論が繰り返される日が続いたが、時間はどんどん過ぎていく。

　日比野は羽島専務にプロジェクトの中間報告をして、方向性が間違いないかを確認した。

「まあ、提携の意義も踏まえていろいろ意見は出るだろうが、一々耳を傾けていてもまとまらん。基本的には君らの線で推し進めてもらって構わんと思うがね」

と専務は現実的な理解を示してくれた。

「ところで、現地の様子を知る必要があるだろうし、ニューヨークというか、アメリカの空気を肌で感じた方がいいんじゃないか」

「と仰いますと、誰かを現地調査に、ということですね」

「君が行けばいいじゃないか、室長なんだし」

「私も、ですか」

あまり、考えていなかった。

「そう。候補地も見てくれればいい。商社に当たってもらっているところだから」

と大手商社の名を挙げた。場所探しを海外販売部を通して頼んでいるという話は聞いていた。いずれ、そういうことになるかもしれないとは思っていた。だが、日比野は海外出張などということはしたことがない。英語も苦手だ。室長のポストを命じられた時も、何で自分がと思ったものだ。

メンバー選定と具体的なスケジュールを出すようにいわれた。


秋が深まり始めた。花音は五ヶ月を過ぎ、ますます人間らしくなってきた。順調に育っているようだ。史恵にいわれて養育費のようなものも渡しはじめた。くるみちゃんは産休が終わって、一年間の育休を取っているらしい。

くるみ母子と会うのは最近ではいつも近くのファミレスにしていた。くるみちゃんの自宅にまで出かけていくのは抵抗がある。それに日比野の方から未だに父親のことを聞いたことはないが、家にまで行って会いたくはなかった。いずれ、挨拶というか、くるみちゃんに未婚で子供を産ませてしまったことへのけじめを付けたり、謝罪をしなければならないと思ってはいるが、ずるずると先延ばしにしている。くるみちゃんも敢えてその話題には触れてこないので甘えているところもある。

くるみちゃんが毎月、育児アルバムのような写真集を自宅に送ってくるようになった。そういうサービスがあるらしい。

「愛人からこんなもの、送ってくるなんていい度胸ね」

と愛人呼ばわりしながら、史恵はそれでも熱心に見ている。日比野はざっと一通り目を通すだけだ。当然ながら日比野が一緒に写り込んでいるものはほとんどない。

史恵は週末にやってきた美雪たちにも早速見せている。

「歳が離れてても、わたしらの妹か。段々、実感湧いてくる。かわいいわね」

「親父の露出がないいんじゃない」

淳也が又、余計なことをいう。

「そうよ。花音ちゃんが大きくなってから、わたしはパパに愛された子じゃなかったの、ていわれるわよ」

「確かに。わたしに遠慮は要らないから、ドンドン、ツーショットか、スリーショットしてあげて」

〇号から始まるそのアルバムの最初には確かに花音を抱いたくるみちゃんの横に日比野もかしこまっているが、どう見てもおじいちゃんにしか見えない。一号には愛宕神社での初宮参りの集合写真も載せられているが、

「どう見ても、パパさん不在で、その両親よね」と美雪がいうぐらいに史恵と共に孫の誕生を

喜ぶ祖父母然として収まっている。

　日比野の露出はその二枚だけである。

「毎月、送ってくるのかしら」

「一歳までらしいよ」

とくるみちゃんがいっていた。

「二十歳まで送ってくれればいいのに」

「できるわけないだろ。最初は親も珍しいから、頑張って写真も一杯撮るんだよ」

「そうよね、うちだって美雪の時は箸の上げ下ろしまで撮ったのに、淳也になったら全然だものね。可哀想なくらい」

と嫌味混じりにいわれる。

　成長に伴って、一ヶ月、一年、二年、五年、十年と少しずつ時間軸の間が空いてくる。花音が二十歳になる時は、日比野は七十五歳だ。遥かな遠い時間に思えてきた。


　米国出張メンバーは、最終的に日比野を入れて、上村さんと片桐の三人に決めた。片桐は英会話も一応できるので、通訳も兼ねてもらうことになる。

　アテンドを頼んでいる商社の現地担当者と連絡を取り、渡航日程を十二月の初旬から一週間くらいと決めた。

　その行程で総務にチケットの手配を頼むと、「エコノミーになります」といわれて、上村さんがやや憤然とした面持ちで席に戻ってきた。準備室は総務の隣に間借りしているような状態なので、戸部主任の後任者とやり取りしている様子は見て取れた。

「仕事なんだから、ビジネスクラスなんじゃないですか？　エコノミーなんて、団体のツアー専用ですよね」

釈然としない様子だ。日比野はそもそも、海外出張なんてしたことがないから、出張規程がどうなっているかわからない。

「確かに、バブルがはじけるまでは、うちもビジネスだったらしいよ。役員はファーストクラスで。でも、今は役員以外すべてエコノミーですよ。役員でもビジネス」

と片桐。

「昔はやっぱりそうだったんですか。ＬＣＣにしないだけありがたく思えなんて、いわれました。しかも、簡単に便の変更も出来ないような格安シートを探すみたいでした。世知辛いですね」

その言い方に実感がこもっていて、日比野は思わず笑い出した。

「大名旅行じゃないんだからね。じゃあ、スケジュール変更が出ないように、行程を練り上げておかないとね」

ようやく上村さんはうなずいた。

「室長、パスポートは持ってらっしゃるんですか」

「そうか。パスポートね。大昔に作ったがもう切れてるだろうな。申請するよ」

「十年の旅券にしておいて下さい」

「エスタは僕の方で手続きしますから」

「エスタって何だい」

「アメリカに入国する時には必要なビザのようなものです」

「なるほど、そういうのが要るんだ。予防注射はいいの」

「予防注射、ですか」

上村さんは片桐と顔を見合わせた。

「ほら、黄熱病とか」

「いつの時代の話ですか。アメリカへ一週間行くだけのことですから」

と大笑いされ、野崎や今本も日比野の席に寄ってくる。

「まあ、インフルエンザの予防注射くらいは受けておいた方がいいですかね」

と片桐にいなされてしまった。

いよいよ、ニューヨークか。アメリカという超大国へ行くのかと思うと身震いしそうな気分だった。


遅ればせながらの準備室立ち上げの決起飲み会を全員参加して開いた翌日のことである。

「室長、ご相談があります」

上村さんが定時後、居残っているのが二人だけになったところで声を掛けてきた。来たな、と日比野は思った。そろそろ来るだろうな、と少し前から考えていた。

「今からお時間ありますか？　急ぎではありませんので別の日でもいいのですが」

「大丈夫、今からでも」

「すみません。ご無理をお願いして」

「いいよ。でも、昨日の今日だからコーヒーでいいかい」

まだ、昨日の酒が抜けていない気分なのだ。

「もちろんです」

会社の近くにあるコーヒーハウスに入った。退勤時で店の中は混んでいる。舗道に面したカウンター席に空きを見つけて腰を下ろした。

「昨日、お話し出来るかなと思ってたりしたんですが、そういう雰囲気でもありませんでしたし、結構、盛り上がっちゃったんで」

「盛り上がったね。みんなよく飲むんだ。料理も良かったよ。ご苦労さんだったね」

上村さんが幹事役を買って出てくれて、和風の居酒屋で開いたのだ。

上村さんはちょっと話を切り出しにくそうにして通りを見ながらコーヒーを一口、一口飲んではモジモジしている。

「野崎君のことかい？」

日比野の方から切り出す。

「あっ、はい」

上村さんは意表を突かれたように日比野の顔を見る。

「どうしてご存知なんですか」

「まあ、何となく」

「社内で噂になってたんですね」

「そんなことはないだろうがね」

とはいうものの、吉原さん辺りから噂は広まったかもしれないと思う。

「ご相談というよりお聞きしたいことがあります」

きっとした顔になる。

「何？」

「準備室のメンバーにわたしと野崎主任を選ばれたのは、室長なんですか」

そう来たか。

「それは違う。全く関与してないよ。僕自身もメンバーに入っていて驚いたくらいだから」

「じゃ、誰が決めたんでしょうか」

「ニューヨークとはいえ、ショールームだから当然、運営の経験者は必要だし、商品開発の知識も要る。海外に明るい人間も要る。そういう人選で羽島専務辺りがまとめたんじゃないかと思う」

「そういうことなんですか」

腑に落ちないような、がっかりしたような複雑な顔をしている。

「そうだよ。変に考えすぎ。それで、聞くけど、野崎君とはどうなってる」

「どうもなってません。ただ、開発のアイデアとか、発想が面白い人です」

「それだけ?」

そう聞くと顔を少し赤くしている。正直な子だ。

「……どういったらいいんでしょう。気にはなってますが。でも、仕事以外のことには目もくれない人だそうです」

昨日の飲み会でも当たり前といえばそうかもしれないが二人は離れて座っていた。

「誰かから聞いたの?」

「濱中さんから、こっちへ移る時に」

「濱中さんが」

二人で真っ向勝負してきたのか。

「はい。二人は元夫婦って室長もご存知ですよね。でも、もう関係ないから、ともおっしゃってました」

「なるほど」

しかし、濱中さんの胸中はそれほどスッキリはしていないと思う。上村さんは鼬《いたち》の最後っ屁をかまされたということか。

「濱中さんは、室長がメンバーを決めたと思っています。吉原さんも」

えっ、そうなのか。それはまずいな。

「でも、室長のお話でスッキリしました」

「みんなにメンバーを選んだのは僕じゃないよって訂正しておいてよ。まあ、それはいいとして、野崎君とは本当のところ、どうなの」

「今後の課題、というところですか。でも、今のチームになって嬉しいです。室長がいらっしゃいますし……」

「今後の課題ね」

職場で見ているところでは二人は普通に接しているし、ビジネスライクに思える。

「はい、正直、まだ自分の気持ちもどうなのか、わかっていません。でも、慌ててはっきりさせる必要もないかなと」

それが昨今の恋愛観か。日比野の若い頃はあちらこちらで社内恋愛カップルが芽生えて周りもそれを認めていたものだ。

それに上村さんは式神の孫というレッテルが貼られてしまっているので、野崎は引いているかもしれない。そんなことで上村さんとしては慎重にならざるを得ないのかもしれない。それに相手はバツイチで年齢も少し開いていることを考えるとハードルは高い。気懸りなのは野崎がそれほど上村さんを意識しているのかという基本的な問題である。上村さんの本音もそんなところから何となく透けて見える気がする。

しかし、いや待てよ。仮に日比野がバツイチとして、親子以上に離れているくるみちゃんとの関係で考えるとくるみちゃんとは結婚とかそういう結果になるだろうかと思う。もしも野崎もその気だとしたら、あいつらの方が遥かにハードルが低いではないか。突っ走ってみてもいいのではないかといってやりたくもなる。

だが、

「そうだね。時間を掛けてもいいかもしれない」

と、気持ちとは裏腹のことをいってしまう。物事には潮時というものがある、本気ならタイミングを外してはいけないといおうとしたのだが、うまい言い方がみつからなかった。

「ところで、花音ちゃんは大きくなりました？」

そっちも聞きたいのか。社内でこのことを知っているのは山本と上村さんしかいないはずで、二人には堅く口止めしている。どう考えても、外で子供を作っていいはずがない。知られれば社内で問題というか、スキャンダルになる。会社も日本の社会も今でもそれ程寛容ではない。

「会社ではお聞きできませんのでウズウズしてました。写真、見せて下さい」

上村さんはこの話題にウキウキしているように見える。

それからはこの前と同じで式神譲りの検察官よろしく、根掘り葉掘り聞かれて花音についてはあらかた喋らされ、携帯に溜めてある写真も包み隠すことなく見られてしまう。

どうして喋る気になってしまうのか不思議なのだが、日比野と上村さんとの間に結果としてそのことで秘密らしいものは存在しないことになる。

「初宮参りの話、素敵です。ほのぼのした光景が目に浮かぶようです」

史恵が心からほのぼのしていたかどうかはわからない。大笑いされたのは、史恵とくるみちゃんのお互いの呼び方だ。

「御台様とくるみの方ですか。その話も感激です。憧れちゃいます、わたし、本当に」

「どっちに？」

「両方です。それからお二人の関係に」

そんなものかな、とは思えない。当人らにとっては生身の人間同士なんだから。きっと表に出て来ないドロドロしたものがあるはずだろう。それも正直にいうと、

「そうですね。それも有りです。でも、本当にそういう純粋な関係が成立しているケースも否定出来ないです」

と上村さんが自信有り気に切り返してくる。

「とにかく、何があっても上村は室長の味方なんで」

とタメ口で意味不明なエールを送られてその日の話は終わった。


十一月にしては暖かく、天気予報ではもしかすると二十度を超すかもしれないという予報も出た日、日比野は旅券事務所に行き、申請していたパスポートを受け取ってきた。確かに三時頃まではポカポカしていた陽気も北風が急速に吹き出し、コートを持ってこなかったことが悔やまれた。

これで俺もアメリカに行かなくちゃいけない。不安と期待が交錯するようだ。そんなことを思いながら辺りを見渡すと鮮やかな黄色に色づいた銀杏並木の歩道に行く秋を惜しむかのよう

に人通りが多くなっている。

淳也から連絡があって、一緒に飲みたいといってきた。随分と前に就職祝いを兼ねて二人で飲んだことがある。それ以来だと思う。何か相談したいことがあるのかもしれないし、そういう風には考えないが、いい年をして若い子に子供を生ませたことに何かもの申したいのかもしれない。

待ち合わせの時間にはまだ早い。足取りが緩やかになっている。街往く人たちを見ていると、不意に来し方行く末という言葉が脳裏にせり上がってきた。

この季節のせいもあるかもしれない。今の会社に入って約三十年になる。田舎の両親は取りあえず健在だ。会社の意向に沿って技術、営業、工場勤務、ショールーム担当と歩いてきた。同級生の中には、自分のようなサラリーマン人生を送っている奴もいれば、田舎で家業を継いだ者もいる。自営業もいる。出世しているのもいるだろうし、途中で挫折したのもいるだろう。そう考えてみれば自分は極めて平均的な道を歩んでいるのだと思う。家庭もあるし、子供たちも何とか自立してくれた。

それでも胸の底を這うように薄寒い風が吹き抜けて行く。

なんだろうと思う。どう考えても自分は人並みだ。いや、考えようによってはそれ以上だろう。自分の年頃になると感じるペーソスというものかもしれない。何か、やり残していることがあるというのか。いや、そんなものはない。やはり、この季節のせいでそんなことを思ってしまうのか。

前方を見ると、コートを右手に抱えた若い女性が歩いてくる。

（くるみちゃん？）

一瞬、そう感じたが、いや、違う。少し雰囲気が似ているが、若い。大学生くらいか。すれ違いざま、なぜか、その子は日比野の方に微笑んだように見えた。

ハッとした。

トライスター。左の首筋に花音と同じような三つ星のホクロがあった。

日比野は振り返って後ろ姿を追った。くるみちゃんより背が高そうだ。歩き振りがいい。そしてまもなく人混みに埋もれるように見えなくなった。

くるみちゃん風の人にはトライスターが出てくることがあるのだろうか。もっとも、くるみちゃんにはなかったはずだ。それとも日比野の知らないどこかになどと馬鹿なことを考えたりした。


七時の約束だったから、本屋をのぞいたりして適当に時間をつぶしたつもりだったが、教えられた焼き鳥屋に着いたのはそれでも早かった。その上、淳也は十分も遅れてきた。それまで店の前で待つしかなかった。

「会社、辞めようかと思ってんだけど」

淳也はいきなり切り出してきた。

淳也は二十六歳になってるはずだ。大学を卒業して、建築資材の会社に就職して三年。いずれ、この息子からそういう話が出てくるかもしれないということは、いわば想定内のつもりだったが、実際、いわれてみると戸惑いを覚えた。

「三年は辞めるなといわれていたし、いろいろ考えてはみたんだけど、このまま勤めていく気しなくなってきたんだ。美雪姉みたいにご立派な会社でもないしさ」

美雪はシステム開発の会社で総合職に就いている。三年持たずに辞めては単なる第二新卒でキャリアにならないと聞いたことがあるし、昔から、石の上にも三年、という諺もあるという話を淳也にしたような記憶がある。きっちり三年過ぎてケリを付けようとしているのか。

「会社が気に入らないのか」

「不満はあるけど、そんなことじゃない」

「何か、やりたいことがあるのか。それとも、どこかへ再就職が決まったのかい」

淳也は首を振った。

「俺のこと、わかってくれてると思うけど、このまま、ジクジクと会社勤めしていくのは無理だと思うんだ」

正直、そこまでは理解していなかったが、どちらかといえばマイペースなのは理解していた。

「というと」

「高等技術専門校というのがあって、そこへ入って技術を身に付けたいって考えてる」

「つまり、手に職を付けたいってことか」

「平たくいえばそうだね」

平たくなくてもそういうことになる。

「何がやりたいんだ」

「木工家具」

意外だ。元々、文系で来ているし、センスはともかく、手先が木工細工に向いているような印象はない。

「どこにあるんだい、その学校？」

「どこにでもあるんだけど、一応、埼玉にしようかなって思ってる。学費は無料なんだ」

どうやら、かなり具体的に考えているようだ。

「しなくて後悔するより、やって後悔する方がましかな」

「そうだな。失敗したってやり直しはきくからな」

こんな話というか、大人になった息子とほぼ対等に話をしたことがないなと思った。

「今のアパートは引っ越ししないと」

「無料はいいとして、当分、収入がないということだろう。アパート代もかかるし」

「その位の貯えはあるよ。アルバイトもするつもりだし」

「そこを出たら就職するのか」

「多分。しばらくは。そのうち、できたら独立するよ」

もはや親としていうことはあまりないだろう。自分の人生だ。好きなように設計していけばいい。

話はそこからくるみちゃんと花音の話題に移った。淳也は二人をどうするつもりか、というような意味のことを遠回しに聞いてきた。そういう意味では息子ほどの決意も覚悟も展望も持ち合わせていない。

「考えているよ。お母さんと別れるつもりはもちろんない」というしかない。いい年をして流されているだけだ。息子以下である。

店の前で淳也と別れて家に戻った。史恵はまだ起きていた。淳也と会うことは朝、出がけに話していたので、会社を辞めて職業訓練学校に入りたいそうだと伝えると、史恵に驚いた風はなく、「そう」と素っ気なかった。

「なんだ、聞いていたのか」

「詳しくは聞いてないわよ。お父さんにちゃんと相談しなさいよ、といっておいた」

「手に職、というか、職人になりたいみたいだ、あいつ」

「いいんじゃないの、やりたいことを見つけたんだから」

いざ、会社を辞めて新しい道を探すとなるといろいろ心配なことは目に見えてくるので、どうしても立ち止まって考えてしまうのだが、女親は何があっても子供の味方で、気になることはあっても基本、肯定的になれる。結局は子宮つながりなのだと思ってしまう。

「お前も、気楽だな。誰でも職人になれるわけじゃない」

「あの子、結構、手先は器用よ。知らなかった？」

そうだったかな。淳也にはあまり、そういう印象がない。

「男親って、その辺の所、見てないよね。どうでもいいところばっかり、文句いったり、ケチを付けたりして」

所詮、男と女は視点が違う。使う脳の部分も違う。男は左脳で、女は右脳で考えると聞いたことがある。しかし、そう考えるのは言い訳で、実は淳也のことは何もわかっていないのかもしれないと思う。史恵と淳也は向き合ってきた時間が日比野よりはるかに長いのだ。

「あなた、まさか、淳也に反対だっていってないでしょうね」

と史恵は険しい視線を飛ばしてくる。

「ない。ない。積極的に賛成はしなかったけど」

「淳也が自分で考えて決めていることだから、邪魔だけはしないでね」

邪魔だけはってどういうことだよ。

「もう、寝るよ」

「どうぞ」

まさか、それが史恵と交わした最後の会話になろうとは、その時、夢想だにしないことだった。

第四章

明け方に胸苦しさを覚えて目が覚めた。吐き気もする。淳也と飲んだせいかと思ったが、それほどの量ではなかったはずだ。仕方なくトイレへ行って少し吐いた。やはり二日酔いだろう。気分が悪い。胃薬を入れてあるチェストの引き出しを開けたが箱は空になっている。史恵が起き出してくる時間にはまだかなり間がある。今頃はコンビニにも簡単な胃薬くらいは置いてあると聞いている。簡単に着替えて家を出て表通りのコンビニに向かう。外はまだ暗く寒い。東の空がうっすらと明るくなり始めている。

少しずつ気分が悪くなっていく気がする。まだ吐き気もあるが何といっても押されるように胸苦しい。痛みとも何とも言えない気持ち悪さもある。これは普通の二日酔いではないかもしれない。どうもタチが悪そうだ。

ようやく、コンビニに辿り着き、薬のコーナーを探す。二日酔いの薬を摑んでレジに向かおうとしたが、立っていられないほど胸苦しくなり、その場にしゃがみ込んだ。脂汗が流れてくるような気がする。

「お客さん、どうしました？」

レジにいた男の店員が飛んで来る。

「顔色が真っ青ですよ」

と驚いている。

「いや、大丈夫です。すみません」

かろうじて、立ち上がる。レジを済ませて外へ出た。先程の店員が後を追うように出て来た。

「あそこで」

と彼が指を差した。

「取りあえず、診ていただいたらどうですか。多分、救急病院だと思います。時々、救急車が入って行きますから」

そうだった。これまで掛かったことはないが、隣のビルの向こうに病院があるのを思い出した。

礼をいって、小さなレジ袋をブラブラさせながら病院の方へ歩き出す。吐き気は変わらないが胸苦しさは少し落ち着いたようだ。

悪い方に考えたくはなかったが、さすがに日比野も単なる二日酔いの症状ではないと思い始める。急な冷え込みのせいか、心臓の調子が悪くなったか、それとも、脳の血管にまずいことが起こったのか。いずれにしても病院が近くにあるのは幸いだ。

あまり大きな病院ではないが構内に入ると救急車が赤いランプを点滅させて停まっている。

その奥に「救急入口」と書かれた表示灯が灯っている。そこをくぐって廊下を行くと、「救急外来受付」とカウンターに札が出ている。誰もいない。廊下の長椅子に腰を下ろした。そこへ女性の看護師が戻ってきた。目が合う。若くて体力がありそうだ。

「どうされました」

明け方からの症状を話すと、日比野の顔をじっと見つめていたが、

「唇に少しチアノーゼが出てますかね。心臓の方かしら。名前、住所書けますか？」

うなずくと、バインダーに挟んだ問診票を持って来た。

「保険証はありますか」

首を振った。

「家、近いので後で電話して持って来てもらいます」

携帯電話は持って来ている。

「今、急患が入ってますので、処置が終わったら、直ぐ、先生に診てもらいますのでお待ち下さいね」

書き終わった日比野からバインダーを受け取って出ていこうとするので、

「チアノーゼって、何ですか」

と聞いてみる。

「一種の酸欠ですかね。それも検査してもらいましょう」

と軽く首を傾げながら反対側のドアに消えた。

（そういうことなら、ここへ来たのは正解だ。二日酔いの薬飲んで、寝ているよりましだから

な）

まだ胸苦しさは残っているが、何となく安堵感を覚える。

（診察が終わったら、史恵に電話しよう。ビックリするだろうな。ひょっとしたら、もう、どこへ行ったと大騒ぎしているかもしれんな。布団がもぬけの殻だから）

その後のことを日比野はよく憶えていない。診察を待っていると、突然、胸を掻きむしられるような激しい痛みに襲われ、それから暗い地の底のような洞窟をゆっくり這い上っていった気がする。

そうして、いつの間にか色とりどりのポピーのような花に囲まれた自分がいる。見渡す限りの花、花、花の風景である。光が眩しいくらいだが太陽は見えない。広い丘陵のような花畑の向こうにゆったりと大河が流れている。天上から音楽が流れているような気がする。ここは一体どこだろう。ものすごく気分がいい。なぜだかわからないが幸せな気分になっている。気持ちが悪かったのが嘘のようだ。

夢だ。夢を見ているのだ。

気が付くと、ベッドに寝かされている。そうなのだ。救急病院で診察を受け、治療されているのだ。段々、視界が開けてくると同時に身体がフワフワと軽くなっている感じがする。何だか変だ。自分はどこにいるのだ。眼を閉じた自分を見下ろしている自分がいる。

そうか。まだ夢を見続けているのだ。夢だから辻褄が合わないのだ。

しかし、薄皮が剝がれていくように覚醒が進んでいくと日比野は病室の天井近くに浮遊している自分自身をはっきり意識する。何かで聞いたことがある幽体離脱という現象ではないか。どうしてそんなことになるのか。激痛のあまり失神して精神が離脱してしまったのか。

人がいる。自分の枕元近くに。その身体が震えている。史恵だ。白衣の医師と看護師が史恵に一礼して病室を出ていこうとしている。

水底に沈んだ泥を搔き回した時のように疑問が次第に湧き上がってくる。もしかして、と思う。戦慄が電撃のように走る。

（おい、史恵、聞こえるか？　もしかして俺は死んでいるのか、おい）

史恵は突っ伏したまま答えない。夜は完全に明けきったようだ。

自分自身をゆっくり見てみる。穏やかな寝顔だが唇が暗紫色に変わっている。鏡でしか見たことはないが間違いなく自分の顔だ。

部屋は奇妙な静寂に包まれている。史恵が声こそ上げないが慟哭するように身体を震わせているだけだ。

それでもこれが本当に現実の風景なのか、夢の中に出て来ているそれなのか、まだ判断できないでいる。

でも、その時、不意に思った。自分は戻れないのだ。あの世界に。史恵が涙を流してくれるあの世界に、永遠に。帰りたい。その思いをどうしたら伝えられるのか、なんとも歯がゆくもどかしい。胸をキューッと締め付けられるような感情が日比野の心を支配する。

死んだのだ。自分は死んだのだ。頭の中でその言葉がこだまする。心底、今まで自分がいた世界へ戻りたいと歯ぎしりをしたいような思いが募る。独りで知らない世界へ行くのは嫌だ。遅かれ早かれ、誰もが通る道だということもわかる。正しく往生際が悪いと思う。未練だと思う。それでも嫌だ。何とかして、元の世界へ帰りたい。その一心しかない。

こんな形で人生の幕が引き下ろされようとは、あまりといえばあまりではないか。一切の弁明を許されず、被告席に立たされているようなものだ。山本から、史恵にお詫びに何か買ってやれと言われていたが今となってはそれも果たせない。そんな思いやらいろいろなことが、後悔となって一気に押し寄せてくる。

どのくらいそのようにして寝かされていたのだろう。ドアが引かれて看護師が二人入って来た。

「お清めをさせていただきます」

と一人が史恵に声を掛けた。声がはっきり聞こえるわけではないがその言葉は伝わってきた。二人が一礼して日比野の身体に寄ってくる。

史恵がフラつくように立ち上がり彼女たちに頭を下げた。

そして、再びドアが引かれ、淳也が入ってきた。昨夜、一緒に飲んだばかりの息子だ。作業を始めた看護師たちの手が止まった。

「……」

淳也は日比野の顔を見つめ、絶句していた。もっと寄ろうとして立ち止まってしまった。史恵と淳也は後退りすると、看護師たちの手は動き出し、その動きを見つめていた。

「心筋梗塞で心臓破裂したらしいの」

史恵の声がかすれている。

心臓破裂。わがことながら、それではとても助かるまいと思った。それが自分の死因か。そういわれて全く想定していなかったかといえばそうでもない。思い当たる節もある。確か、二十四時間の心電図検査を受けるように医師から勧められてはいたが無視していた。兆候はあったのだ。素直に言うことを聞いて受けていた方がよかったのか。受けていればこんな形で突然に自分の生を終わらせるということはなかったのか。

「俺、昨日、親父と飲んだ。そのせいかな」

そうではない。そうではない。お前のせいではない。


美雪が駆け付けてきた時には地下の霊安室に移されていた。

その頃には日比野の混乱も収まり、死を死として受け入れざるを得ないことがわかってきた。俄かに諦めの付くことではないが、誰もが生まれ落ちたからには、最終的にこういう形で締めくくられることは時間の長短はあれ、絶対に避けて通れないものであり、咲いた花がやがて散っていくような自明の理には違いない。

天井の一角から浮遊して見える視界が随分と開けてきたような気がしている。物音は相変わらずビビッドには響いてこない。けれども、話していることや周りの音はテレパシーのように伝わってくるようだ。

「おかしくない？」

美雪は誰に向かってか知らないが、何故だか明らかに怒っている。二本の蠟燭に灯された炎がゆらゆらとして、決して広いとはいえない霊安室の冷気と怪しげな湿気の中で、少し派手系の服装をして身体を震わせている。おそらく、こんな形で人生を終えてしまった無責任な父親に対して持っていきようのない怒りをぶちまけているのだ。

もっとも、日比野はもう冷気も湿気も感じない。これまでの経験とそこはかとない雰囲気から察するだけである。

「美雪、落ち着いて」

史恵がたしなめる。

「だって……」

「お父さんを見てあげて」

史恵に促されて、美雪は日比野に掛けられた白布を外す。


一階の和室に寝かされた日比野を静岡から駆けつけた両親が見守っている。病院から戻って半日以上過ぎている。外は暗くなっている。

「前から、壮太は心臓が悪かったかね、史恵さん」

日比野の母親が目をショボショボさせながら聞く。父親は黙ったままだ。

「今年の会社の健診で引っかかっていたそうです、わたしも知らなかったんですが」

「精密検査は受けなかったのかね。昔から面倒臭がり屋だったがね」

「わたしがもっと気を付けていたらよかったんです」

「せっかく、尼崎から帰ってこれて、又、二人で暮らしていけるようになったのにね」

「すみません。お義母さん」

史恵は目頭を押さえる。

「史恵さんを責めているわけじゃない。悪いのはこいつなんだから。お前もそういう言い方やめなさい」

そうなのだ。史恵に悪いところは一つもない。悪いのは日比野なのだ。自業自得といえるかもしれない。したい放題で、外に子供まで作ってしまっている。そういって史恵を弁護してやりたいが、日比野の声は伝わらないだろう。

その時、玄関を開ける気配がした。外に出ていた淳也が戻って来たようだ。一人で泣いていてくれたのかもしれない。

「親父、どうしたんだよ。昨日、一緒に飲んだじゃないか。あんなに元気だったのによ」

枕元にガクッと跪き、病院での言葉を繰り返す。

ふと見ると、部屋の入口にくるみちゃんが花音を抱いて茫然と突っ立っている。

「くるみちゃん」

史恵も気が付いた。

「家の前でモジモジしてたから、もしやと思って声掛けたら、やっぱりくるみさんだったから、一緒に」

淳也も美雪も初めて会うのだろう。

「入って、早く」

「失礼します。初めまして、小里くるみと申します」

一礼して入ってくる。

日比野の父親がびっくりして顔を上げた。

「淳ちゃん、何、結婚してたのか、もう赤ちゃんまで作って」

「本当。知らなかったわね。水臭い」

淳也も史恵もあわてる。

産院でも日比野はくるみちゃんの母親に間違えられたが、年齢的にはどう見ても淳也の相手と受けとられてしまっても無理がない。

「違うんです。あの、つまり……」

「……この赤ちゃんは」

「だからっ、わたしたちの妹なの」

とハンカチを目に当てていた美雪が不機嫌に割り込む。

「……妹？」

両親は顔を見合わせる。

史恵が事情を説明して、再び二人がびっくりしたが、それからは押し黙ったままで仮通夜にふさわしくない気まずいような空気が流れ始める。

その時、花音が泣き出した。

「あのう、すみませんが花音がお乳みたいなので、場所をお借りしてもいいですか」

「こちらへ来て」

美雪がさっと立ち上がって隣の部屋に連れて行く。玄関のチャイムが鳴る。史恵が出て行って、山本と上村さんが案内されて入ってくる。

「奥さん、突然のことでお取り込み中とは存じますが、とりあえず駆けつけさせてもらいました。こちらは準備室の上村君です」

上村さんも一礼する。

「ご迷惑を承知で、無理に部長にお願いして同行させてもらいました。室長には公私で大変お世話になっています」

おいおい、上村さん、公私は止めてほしい。火に油を注ぐように誤解を与え、さらにややこしくするではないか。

「お忙しいところを申し訳ありません。どうぞ見てやって下さい」

白布を外すが、当然ながら見つめられているような実感はない。二人が合掌するのを俯瞰図を見るように見下ろすだけである。

「いやあ、びっくりしました。今朝までは元気だったんでしょう、ご主人は」

山本は史恵の方に向き直る。

史恵は繰り返して話してきた日比野の最期の様子をきかせる。大分、落ち着いてきた様子に見える。

「朝、起きましたらおりませんで、どうしたんだろうと。仕事で早く出たようには思いませんでしたし、滅多にないことですけど、散歩にでも出たのかしらと思ったりしておりまして……。そうしましたら、病院から連絡がありまして」

そこで、史恵は涙ぐんだ。上村さんもハンカチを出して鼻を押さえている。

「駆けつけた時には、蘇生中でしたが、もはや手遅れでダメでした」

「そうしますと、最期はご家族のどなたも……」

「ええ。まあ、でもあの人らしい終わり方かなと」

ええっ、自分はそんなキャラじゃないよと大声で叫びたくなる。もう少し事情が許せば一言ずつ家族にお別れと感謝の言葉を伝えたかったのだ。それを史恵はあの人らしい最期だというのか。

「お葬式はどうされるんですか。現役ですから、会社の方からもどうしたらいいかと言われてきていまして」

「ええ。葬儀社の方にもどうするか、斎場の都合もあるので早く決めてほしいといわれてます」

「自宅では、できんからな。田舎じゃないし」

「皆、戻ってきましたし、これから相談して決めましょうか、お義父さん」

そこへくるみちゃんが戻ってきた。

「ありがとうございました。お陰様で落ち着いたようです」

花音は眠そうに目をつむっている。きっとお腹が一杯になったのだろう。

「あっ、みるくちゃ……」

山本はいいかけてあわてて口をつぐむ。

「くるみさんです。山本さんはご存知でしたね」

美雪と淳也が疑わしそうな目を山本に向ける。この二人はくるみちゃんの前歴を知らない。

もちろん、上村さんも知らない。

「あっ、花音ちゃんですね。可愛いーっ！」

と頬っぺたをつつく。

「君、知ってたの」

「はい。室長から仰って下さったわけではないんです。様子がいつもと違った時がありまして、私から、しつこく聞いちゃったんです」

「なるほどね」

たぶん、山本も日比野と同じ感慨を式神の孫に抱いたはずだ。

「なんか、俺、お腹空いてきたよ。電話もらって飛んで帰ってきたから、ずっと何も食べてないんだよ」

　おいおい、淳也。我慢しろよ。冗談じゃないぞ。お前の親父が亡くなったんだぞ。しかし、所詮、人の死でも空腹には勝てないのか。

「そうねえ、それどころじゃなかったものね。今から、何か作るってのも時間かかるし」

　史恵、お前まで同調するなよ。

「買い出しに行ってくるよ。コンビニ物でよければ」

「それじゃ、私たちはこれで。なあ、上村さん、今日は失礼しようか」

「あら、山本さん、葬儀のご相談もしたいし。もう少し、お願いします。大丈夫でしょ？　淳ちゃん、早く行ってきて」

「わたしも行くわ。淳也、自分の好きな物ばっかりにしそうだから」

　そういうと美雪は淳也と連れ立って出ていった。

「くるみさん、座って、座って」

と史恵がダイニングの椅子を勧める。それがきっかけになって、みんながリビングへぞろぞろと移動する。

　応接のソファに座った父親と山本に、

「とりあえず……」

といいながら冷蔵庫から取り出した缶ビールを史恵は勧める。

　上村さんはダイニングでくるみちゃんと一緒に眠っている花音をのぞきこむ。

いつのまにか、日比野は放ったらかしにされたまま座が和んできている。

やがて両手にレジ袋をぶら下げて二人が戻ってくる。

何となく宴会が始まったみたいになってきている。花音が完全に眠ってしまったようなので部屋に寝かせてくるみちゃんが本格的に宴会に参戦してくる。ビールを勧めるのが上手い。

冗談じゃないと日比野は思う。人の死とはこういうものか。ビールを飲みたいとか、寿司を喰いたいとかはもう思わないが、このメンバーが集まっていながら、唯一、自分が入らず、向こうで寝かされてみんなの中に入っていないのが恨めしいし、悔しい。

とはいうものの、人は死ねば誰でもそうなるのかどうかはわからないが、少しずつ諦めのような悟りのようなものが生じてきている。そして、自分はこれからどうなるのだろうと死んでいるのに今更おかしいと思うものの、先行きへの不安が渦巻きだしていることも感じており、正直、複雑な心境になっている。

人生をこんな形で終わろうとしている。自分に人生の目標ってあったんだろうか。家族はこれからどうやって生きてゆくのだろう。ましてや幼い花音は。仕事も中途半端のままだ。下手すれば準備室は空中分解だ。どうしても未練が残る。これで一巻の終わりと開き直れない。覚悟もない。人はどう考えて死に臨んでいったのだろう。

だが、仮に一般的な天寿を全うしたとしても、これでいいということはないのではないかとも思う。後悔めいたものは大なり小なり必ず残るのではないか。訣別というのはそういうことなのだろう。

それはそれとして日比野はこれからもずっとこうやって史恵たちにまとわりつくように浮遊していくのだろうか。まさしく浮遊霊である。

人は生きている間はやがてくる死を時に意識することはあるが、死んだらどうなるということをあまり深く考えていないというか、考えないようにしていると思う。極楽に行けるとか、地獄に落ちるなんてことは今の時代、本気で考えている人はいないだろう。

では、どこにいくのだろうか。あるいは、死は正しく一巻の終わりで、跡形なく消滅してしまうのか。まあ、自分が多分、死んだのだろうと思いつつもこうやってフラフラしているのだから、一気に消滅ということはないと思う。

日比野のそんな思いとは関係なく、話題は葬儀をどうするかということに移り、オブザーバー付きの家族会議の様相を呈してきたが、結局、基本、家族葬ということに落ち着いたようだ。決まったら連絡をくれといわれていたようで、史恵は早速、葬儀社に電話を入れている。山本は会社としての対応を考えているようだ。家族葬となれば、身内だけの慎ましいものになるはずだが、山本はそれでは収まらないらしい。

くるみちゃんは花音が寝てしまったので泊まるように勧められて母親に電話を入れている。

日比野は浮遊して漂っているようになっているものの、家族が話し合っている様子はテレビ中継のようにくっきり目の前に展開しているわけではなく、何といえばいいのか、いわば、万華鏡を通して見ているというか、のぞいているようなものである。

だから、家族葬に決まった一部始終を見たり聞こえてきたりしたわけではないのである。それはともかく、近くのホールで次の日に通夜が行われ、その翌日に葬儀という段取りになったようである。

家族葬なので、ごく近しい親戚以外には知らせず、知人や友人にも連絡しないことになったのである。ただ、会社からは若干の参列があるかもしれないといい残して、山本たちが引き揚げていったのである。

そうか、翌々日の夕方には自分がこの世に存在した証としてわずかな白い骨が残されるだけなのか、という感慨に日比野は耽る。

史恵たちと話していたくるみちゃんが日比野の枕元にやって来て白布を外す。史恵たちにもそうだが、くるみちゃんにとっても青天の霹靂だったろう。涙が二筋ほど落ちたようだ。元々口数の多い子ではないので言葉を失っているのだろう。

済まないと思う。くるみちゃんと花音の二人に対して何の責任も持つことができなくなってしまった。二人のための生命保険さえ掛けていない。そういう次元の配慮も覚悟も出来ていなかった。情けないと思う。花音がせめて成人するまではなんとかしていたいという望みも絶たれてしまったので、今となっては花音がどのように成人していくかを見守ることもできなくなってしまった。

いや、待てよ。前の日に通りですれ違ったあの女性は誰だったのだ。全くの赤の他人だったというのか。いや違う、という思いが水に投げ込んだ赤い染料のように急速に広がってくる。

その赤色の中にぽっかり浮かび上がってきた白椿のような言葉。

デジャビュ。

いや、逆デジャビュ。

くるみに似た面立ちと首筋のトライスター。

死ぬ前に出会わせてくれたあの光景は、日比野がそうなることが宿命のように決まっていたのだと思えてくる。

そう考えるとつらいが、そうか、あれが花音だったのか。神様のいたずらかどうかわからないが、笑みが自然にこぼれそうになる。逆デジャビュか。粋な計らいだったのかもしれない。

なるほど。

「あれっ、親父、口元笑ってないか？」

とくるみちゃんの横からのぞきこんだ淳也がいう。

「えっ、本当？」

その声を聞いた美雪も寄ってきてのぞきこむ。

「本当。何だか、さっきまで苦しそうな気難しそうな顔してたわよね、お母さん、お母さん」

とキッチンの史恵も呼ばれる。くるみちゃんもうなずいている。

「要するに、一旦、死後硬直した筋肉が緩んできたからだよ。そういうこと」

何をいっとるか、わかったようなことをいうな、バカ息子。俺はうれしくなったからだと精一杯の声を出して、皆に伝えたいのだが、それはかなわない。

「ほんと。お父さんもこれで成仏できるわね」

史恵の言葉にくるみちゃんが目元を拭う。

葬儀は日比野がこれまで経験してきた中で最も簡素なものだった。しかし、日比野に不満はない。何よりも、史恵たちがくるみちゃん親子を家族として受け入れてくれているのがうれしい。参列してくれたのは日比野の兄夫婦や妹、史恵の両親に姉夫婦。親戚の者はくるみちゃんの存在を訝しく思うものの葬儀だし、表だって誰も聞いてくることはない。

親戚の他は、会社から真木総務部長と山本、それに上村さん。そして、お忍びで式神こと、神谷工場長が来てくれた。これはサプライズだった。どうして来てくれたのだろう。会社には一切知らせないままでの参列だったらしい。それから、山本が連絡してくれたのだろう、くるみちゃんの関係では唯一、かすみちゃんが参列してくれた。

葬儀の様子は詳しく憶えていないというか、わかっていない。

斎場でチーンと鈴の音がしてすすり泣きが聞こえる。暗くて四角い穴に柩が送り込まれる。それを日比野はどこかから見ている。扉が静かに降りてくる。白い手袋を嵌めた職員が一礼すると、淳也が進み出て指示されたボタンを押す。「ボッ」と大きな音がして炉が点火された。

日比野は子供の頃、死んで焼かれる時は熱いだろうな。狭い炉の中では逃げ出そうにも逃げられないだろうなと死を恐れていた。しかし、それでは全く死んだことにはなっていないのだが、真剣に考えていた。出来れば埋葬してもらいたい。しかし、待てよ、上に被せられた土をどうしたらいいのか、もたもたしていると窒息してしまう。息苦しいだろうなとも考えた。

そんなことを思い出しているうちに二時間が経過して、日比野は骨だけになる。別室に全身大の骨が晒されている。真っ裸にされているようで恥ずかしい。職員の説明があり、骨は足元から順に壺に納められ、最後に頭の骨が蓋のように載せられておしまいである。入れにくかったのか、ベリッと骨を少し砕いて押し込んでいる。乱暴なものだ。でも文句もいえない。

まあ、でも骨だけになって狭い壺の中に押し込められれば諦めもつくというものだ。


初七日の法要も済ませて家に帰り、葬儀社の人たちも帰ってしまうとぐったりした家族だけが取り残される。くるみちゃんは迎えに来た母親と帰っていったが、日比野の両親はもう一泊するという。何だか二人とも小さくなってしまったように見える。皆、口数も少なくなっている。

葬儀社が用意してくれた白木の台の上に写真と骨壺と位牌が安置されて線香が焚かれている。何回も経を上げられて自分は多分、仏教徒だったのだと今更ながらに自覚する。花瓶に花が活けられて、ここが当分の居場所のように思われる。

「お父さん、逝っちゃったね」

美雪が力のない声でつぶやく。

「親孝行したこと、なかったな。親孝行したい時に親はなしか。昔の人は上手いこと、いったね」

　淳也が殊勝なことをいう。

「親不孝な奴だ。わしより先に逝きおって」

　日比野の父親が俯く。

「親父の分もじいちゃん孝行するよ。だから、長生きしてよ」

　淳也は調子のいいやつだ。

「淳ちゃんはいい子だ。早く結婚して、ひ孫見せてくれよ」

「そうだよ」

と日比野の母親は自分の足をさする。老いたと思う。史恵は会話には入らずぼんやりしている。

　日比野はそんな家族の一人一人を抱きしめてやりたいと思うのだが叶わない。自分はまだここにいるのだと教えてやりたいのだがそれもできない。まどろこしさだけが募ってくる。そしてその思いが伝えられないもどかしさがジリジリと業火となって身を焦がしてくるようだ。


　日比野は段々とわかってきた。緩慢に時間が過ぎて行くのを感じると共にそれに合わせるように少しずつ周りの視界が少なくなっていくのである。狭まっていくのではない。いわば、視野の欠損が増殖していくのである。

　日比野の母親が緑内障に罹った話を聞いたことがある。少しずつ闇のようにポカッと穴が空いてそこには何も映らないのだという。母親は幸い、そこまでひどくはなっていないようだが、放っておけば闇は視野の全てに広がり、結果、失明してしまうのである。

日比野には今、見えているものがやがて全て見えなくなる事態が到来するのだ。視界に入ってくるものや聞こえてくるものも断片的になってきている。会社もどうなったのか、のぞいてみたいのだがそう自由には動き回れないのだ。日比野と引き合う、いわば引力の強いものの周辺をフワフワと浮遊するしかないようなのだ。つまり、史恵にまとわりついているしかないような感じになっている。


そんな中で、四十九日の法要で来てくれた山本から史恵が聞かされた話がある。

開設準備室のその後のことである。自分の急逝の後、後任の室長には関西工場から都井工場次長が異動になって着任し、アメリカにもメンバーを引き連れて出張したというのである。野崎も着々と新製品を開発しているようだ。それを聞いて、日比野は安心した。都井ならちゃんとやってくれるだろう。自分がいなくなっても前に進んでいくことはできる。組織とはそういうものだ。こうやって、死んでしまえば仕事のことは吹っ切れる。

山本情報では伝わらない上村さんと野崎の仲は詳しいことはわからないが、行きつ戻りつしながら、少しずつ距離を縮めているようだ。

気になるのは、家族のことだ。淳也は訓練学校への入学に備え始めているようだが、視野が全て欠損してしまう前に少しでもそれぞれの行く末を見ておきたいというのは未練あるいは煩悩というものだろうか。とりわけ、気になるのはくるみちゃんや幼い花音のことだ。幸いというか、認知届は済ませていたがそれでいいわけではない。無責任の極みだ。

だが、死と向き合うことは切りがないかもしれない。断捨離して訣別する。そうして新たなステージに臨む。それは涙や思い入れの詰まった人間学校を卒業するということか。

今度も人間に生まれてこられる保証はないし、仮に生まれ変われてもその時は記憶は全てリセットされているはずで、やり直しのきかない一日一日を大事に生きてこなかったという後悔と焦りが押し寄せる。次のステージがどういうものかはわからないが卒業とはそういうものなのだろう。

とはいうものの、もし、生まれ変われるとしたらと想像してみると、南フランスの料理とワインの美味い片田舎に生まれて一生過ごしてみたいなんて希望はある。

でも、史恵や家族、もちろんくるみちゃんらを含めてもう一度、やり直してもいい。今度は健診もきちんと受けて、長生きするようにするから。


ある日、くるみちゃんが家にやって来ている。花音はハイハイが出来るようになっている。つかまり立ちもまもなくできそうだ。歩み出すのも遠くはなさそうだ。

花音が日比野の位牌の台まで寄って来て、置いてあるパスポートを舐め出した。くるみちゃんがあわてて取り上げる。あの日、もらって来てそのままスーツの内ポケットに入れていたのを史恵が見つけて、位牌の前に置いたのだ。

「結局、一度も使わないままになったわね」

と史恵がいうと、

「いいんじゃないか。あの世へのパスポートってことで」

と淳也が茶化したものだ。

史恵が呼んでくれているのか、それともくるみちゃんの方からなのかわからないが、家によくやって来るようになっている。

「そうなの。育休ももう終わりなの」

「はい。で、預かってくれるところ探してるんですけど、いいところないんです。やっぱり働きたいですし」

くるみちゃんはまだ製薬会社の研究所に籍を置いている。

「待機が多いっていってるよね。困ったわね」

「母親も働いていますので、頼めません」

「何処まで通うことになるのかしら」

日比野も全く知らなかったのだが、くるみちゃんの勤務先の最寄駅は日比野たちが使う駅から三駅先のところだったのである。

「そうだったの。あの人、何もいってなかった。くるみちゃんの会社って意外に近かったのね」

生きている時はそんなことを話題にできるはずもないのに、史恵は何故か不満気だ。

「私もダーリンにいったことはないと思います」

史恵はさすがにくるみちゃんと呼んでいるが、くるみちゃんは相変わらずダーリンとか、御台様と呼んでくる。

「ねえ、出勤前にうちに寄って、花音ちゃん置いていけば。預かるわよ」

史恵が大英断を下す。

「ええっ、そんなことできますか」

予想外の展開にくるみちゃんは驚く。

「大丈夫よ。わたしは仕事してないし、時間はあるから」

働いてみたいとはいっていたが、今はたまに、ヨガ教室とかカルチャースクールに通う程度のはずだ。

「保育園見つかるまででもお願いできるとありがたいことはありがたいんですけど。でも……」

「遠慮いらないわよ。こうなったら開き直っちゃお。でも、ここへ寄るには結構早めに家を出ないと大変だわね」

「大丈夫です。保育園に預けるにしても早目には出ないといけないと思いますので」

「でもねえ」

日比野の家までは駅から歩いて三十分くらいはかかる。往復で一時間以上を朝晩だ。ことに雨の日は大変だろう。

「毎日、タクシー使うわけにもいかないし……。ねえ、いっそ、うちから通っちゃダメかしら」

第二の大英断を下す。くるみちゃんの思考が瞬間停止したようだ。

「それって……」

「ここへ引っ越していらっしゃいよ。それがいいわよ。嫌じゃなければだけどね。でも、お母様、反対されるかもね。簡単にいいだしちゃったけど」

くるみちゃんの思考は史恵が話している間に大車輪で脳内を駆け巡ったようだ。

「母は大丈夫です。お願いしていいですか」

話が決まると、美雪や淳也らに相談したのかどうか、日比野にはわからないまま、あっという間に引っ越してきてしまった。部屋は日比野が使っていた和室で今も位牌が置かれている。そこにでーんとベビーベッドが置かれる。家が一気に賑やかになったようである。

実際、育休が明けるとくるみちゃんは日比野の家から通勤し始めたのである。史恵は花音の相手をしながらくるみちゃんの帰りを待つことになってきた。時に母娘のように連れだって買い物に出かけたりする。

そうなると、これまであまり家に寄り付かなかった美雪や淳也が結構な頻度で戻ってくるようになった。独りになった母親を気遣うこともあるのだろうが、花音の成長振りを見るのが楽しみのようでもある。日比野には少し羨ましいようなことになってきているのである。

視野の欠損はかなり進んできたようで、漆黒の何も見えない闇がジワジワと生き物のように浸食してきて疎ましささえ覚えてくる。

史恵の周りにフワフワと漂うのも以前のような力強さというか明瞭さがなくなり、文字通り靄《もや》のように消えたり現れたりするのを自覚するだけになってきている。それに眠いという感覚が正しいのかわからないが、とにかくやたら眠いような気がする。意識が薄れていくという言い方が正しいかもしれない。意識が分子に分解され、さらに原子になり、まださらに分解されていくような感覚なのである。

そんなことが進行しているせいか、家で起きていることが正確につかめなくなっているのだが、妙にシャンとしている日がある。

くるみちゃん親子はその日は家にいない。すこし前にくるみちゃんの母親が徳島の実家に戻り両親と暮らすことになったと聞いている。介護を要する程ではなかったが両親が心細さを募らせていると知って決断したようだ。くるみちゃんがこちらへ移ってきたのも、もちろん関係はあると思う。それと薄々感じていたことだけど、くるみちゃんの両親は大学生の頃に離婚していたのもわかった。その日は母親の引越しでそれで出かけているはずだった。

「美雪には話したんだけど、くるみちゃんをわたしの養女にしようかと思って。もちろん貴方たちが賛成してくれたうえでの話だけどね」

史恵と淳也の二人だけだ。くるみちゃん親子がやって来てから家の中の様子が少し変わってきている。花音がヨチヨチと歩き出しているので手に届きそうな所にある壊れそうな物や危ない物は片付けられている。二階への階段の昇り口には柵が設けられている。二匹の猫を追いかけることもある。

　史恵は働いていないが、日比野の死亡保険金は下りているし、会社の退職金、遺族年金も出るはずなのでくるみちゃんを養女にしても当分の生活には困らないらしい。もちろん、残っていた家のローンも日比野の死により完済になっている。くるみちゃんも働いているので三人で生きていくのに困ることはないようだ。史恵もよく考えたのだろう。そういう展開になっていくのか。

「くるみちゃんのことは、結果オーライでいいのよ。正直、腹立たしい気持ちがないといえば、嘘になる。でも、今は何もなかったというより、この結果は悪くないと思うのよ。縁があるのよ、わたしたち」

と淳也への説明にも極めて前向きになってくれている。

　その時の淳也の返答はよくわからなかったが、うなずきはしつつも、母親の提案を素直に受け入れたような感じではなかった。

　日比野がフッと思ったのは淳也が家族になることを拒んだのではなく、別の意味でくるみちゃんが家族になってくれることを望んでいたからではないからだろうか、ということだった。思い過ごしかもしれないが。

　淳也の胸の内は知る由もないが、くるみちゃんに親子二代にわたって世話になることもあるということか。そんなことになったらくるみちゃんはどう思うだろう。なんともいえない感慨が込み上げてくるようだ。

それからしばらくして視野は完全に欠けてしまった。暗い闇が広がるだけである。史恵らの話す言葉も聞こえなくなっている。完全に独りになったのだ。戻れない、あの懐かしい世界に。そう思うと切なさで苦しい程に胸が締め付けられてくる。

そんな思いで闇を見つめていると闇は漆黒ではなく濃い群青に見えてくる。

死んだ後も自分に重さがあるのだとするとそれは再び軽くなっていくのがわかる。自分は何処かに向かおうとしているのか。もしかして心も解き放たれるようにバラバラになっていくのではないか。

やがて、薄いベールが何枚も何枚も剝がされていくように明らかに群青に変わっていくのがわかる。

その先に宇宙が見える。無限の宇宙だ。人によってはそう思えないかもしれないが、日比野には宇宙に見える。星々が小さく輝いている。自分は宇宙に泳ぎ出しているようだ、そうか。何ということだ。人にはこういう仕掛けが用意されているのか。創造の神の賜物だ。自分が自分でなくなっていく。しかもそれが心地好い。

自分は豊饒で饒舌ですべてを受け入れてくれるこの宇宙にとんぼのように透き通る羽を閃かせながらゆっくりゆっくり同化していくのだ。

人生は旅なのだろう。そしてその旅もまもなく終わる。出会えた全てのものに別れを告げなくてはならない。
ありがとう、史恵。本当にありがとう。そしてみんな、自分を家族にしてくれて本当にありがとう。

さらば、史恵。美雪。淳也。くるみ。花音。そして家族たち。友人たち。
さらば、愛しき人たち。
さらば、生きとし生けるもの。
さらば、森羅万象。

天上から奏でられるこの調べが聞こえるか。

あとがき

「人殺しなんですよ、私」

というある映画の予告編で女優の決め台詞がありましたが、私も小説の中で随分と人を死なせています。

縁もゆかりもない人を交通事故死に遭わせました（『子午線の夏』）。恋人になってくれそうな人を身代わりに死なせてしまいました（『遅れてきた沙羅』）。妻を死なせてしまいました（『くうそくぜーしき』）。ヒロインの祖母や父を死なせ、ヒロインの恋人を交通事故で死なせ、そのヒロインを自殺未遂に追い込みました（『いつか、誰かが』）。

となると、どうしても順番的にはいよいよ主人公が死ぬことになるのではないでしょうか。普通は主人公が死んだ時点で話を終わらせなくてはならないのですが、続けてしまいました。

人間、死ぬ時はどうなるのだろう、とは時々考えますが、死んだ後をじっくり想像する人はあまりいないかもしれません。せいぜい生まれ変わることを想像するくらいです。

皆、確実に死ぬことは決まっているのですが、死から本当の意味で完全に復帰した人はいないわけですから、そこから先は誰にもわからないというのが本当のところです。ですから、それを取り上げるということは無謀の極みでしかないのです。

とはいえ今回、おこがましく大胆に仮説を立てたわけではありません。どちらかといえば、作者にとっての終活といえなくもないのです。それは死んでみた時に当たりか、外れか、まあまあかと自分にしかわからない競馬予想のようなものになるはずです。残念なのは、それを後の人たちにこうだったよと伝えてあげられないことです。

ということで、それぞれが死んだ後の自分の姿を想像してもいいかもと、死んだ後も成仏させず、だらだらと話を進めてしまいました。

古くからの友人A君のいうように身体は決して自分のものではなく借り物であること、しかも賞味期限付きの。まことにそのようであると思います。多分、その思いを突き詰めていくと心さえ借り物であるかもしれません。ですから、人生という旅の終わりには心もお返しするということになりますので、たとえ突然、何が起ころうとも慌てないようにだけはしておくだけの心構えをしておいてもいいかなと。

とはいえ、実際にそうなると、ジタバタして慌てるだろうな、まあそれもいいか、と思いながらこの稿を閉じることといたします。

二〇一七・十二・三十一　取りあえず脱稿

著者略歴

一九四九年、福井県勝山市生まれ。金沢大学工学部卒業。工作機械メーカー勤務、二〇〇九年定年で退職。

著作メモ

「葬られし日々のこと」　一九七一年三月
「落陽の鐘」　一九七二年一月
「遅れてきた沙羅」　二〇〇六年七月
「くうそくぜーしき」　二〇一一年五月
「いつか、誰かが」　二〇一一年七月
「子午線の夏」　二〇一一年十月
「極楽とんぼ」　二〇一七年十二月

執筆中
「うたかたの午睡の中で」
「極悪非道のパラダイス」

極楽《ごくらく》とんぼ

著者

前川《まえかわ》イサオ

発行日

2024年10月30日

発行　株式会社新潮社　図書編集室

発売　株式会社新潮社

〒162-8711　東京都新宿区矢来町71
電話　03-3266-7124

印刷所　錦明印刷株式会社

製本所　加藤製本株式会社

ISBN978-4-10-910291-9 C0093
価格はカバーに表示してあります。